15

천미신교 낙양지부

정보석 新무협 판타지 소설

FANTASTIC ORIENTAL HEROES

도서출판 청어람

數文神廳丁
敎文陽陶

천미신교
낙양지부

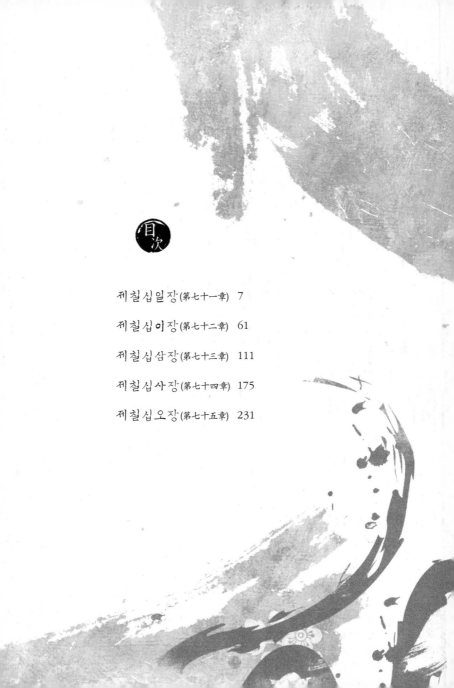

目次

제칠십일 장(第七十一章)

봄기운이 물씬 풍기는 삼월의 보름. 춘분(春分)이 오려면 칠주야나 지나야 하지만, 벌써부터 바람에 어린 꽃 내음이 풍겼다.

그 향기를 피월려는 그리 좋아하지 않았다. 그에게 익숙한 꽃향기는 죽은 꽃잎에 각종 물질을 첨가해 만든 가공된 향기이지, 이런 자연 속에서 피어난 꽃들의 생기 어린 향기가 아니었다.

그래서 코끝에 느껴지는 이 감각이 매우 낯설고 싫었음에도 피월려는 창문에 내민 얼굴을 뺄 생각을 하지 않았다.

그만큼 방 안의 공기는 더 싫었다.

더럽고. 먼지가 가득하고. 습하고.

한여름의 무더위 속에서 호흡해도 이렇진 않을 거다.

"일대주."

피월려는 속으로 작은 한숨을 쉬었다.

그는 창밖에 내민 얼굴을 빼고 방 안을 둘러보았다.

그를 바라보는 수많은 얼굴들.

그중 그에게 말을 건 이는 피월려가 가장 든든하게 생각하는 그의 친우, 혈적현이었다.

제육대의 수장이 된 그는 자기보다 연배가 두세 배 이상 되는 문인들을 지휘하며 새로운 수도가 된 낙양에서 무인들이 할 수 없는 복잡한 일을 도맡아 해결하고 있었다. 무공을 상실했지만, 하오문과 살막을 운용하는 데 있어 그만큼 적합한 사람이 없었다.

지금도 복잡하기 그지없는 일을 논하는 중.

피월려는 계속 들어도 조금도 이해할 수 없는 대화에 지쳐 아예 창밖으로 고개를 내밀고 있었던 것이다.

"아, 육대주. 왜?"

혈적현의 눈이 날카롭게 반쯤 감겼다.

피월려가 지금까지 모든 대화를 전혀 듣고 있지 않았다는 걸 눈치챈 것이다.

"방금 논한 일에 의견이 있으면 내봐."

격식을 차려야 하는 공식 석상이지만, 피월려와 혈적현의 관계는 지부에서 모르는 사람이 없을 정도였기에 웬만큼 딱딱한 자리에서도 서로 반말을 주고받았다. 피월려가 혈적현의 얼굴을 마주 보자, 그의 얼굴 뒤로 혈적현의 핀잔이 들리는 것 같았다.

말 똑바로 안 듣고 뭐 하고 자빠져 있어?

피월려는 헛기침했다.

"다시 한번 설명해 줘. 못 들었어."

그가 말을 마치자 방 안 모든 이의 눈빛에 실망감이 감돌았다. 창밖을 보며 깊이 생각에 잠겨 있길래, 신묘한 대책을 내놓지 않을까 기대하고 있었는데, 이제 보니 그냥 멍 때리고 있었던 것이 아닌가?

심검마라는 별호가 아까울 정도다.

다행히 혈적현이 화를 참아내고 차분히 말했다.

"이번에 황궁에서 공표한 폐전통자(廢錢統子)에 어찌 대응할까 말이야."

피월려는 어색한 표정을 지을 뿐이었다.

"그게 뭔데?"

혈적현은 한 번 더 참았다.

"말 그대로지. 이번 곡우(穀雨)까지 전(錢)을 모두 폐(廢)하고, 자(子)로 통합(統合)한다는 화폐개혁."

"으응?"

혈적현은 이번에도 참았다.

"은전이 은자가 되고, 금전이 금자가 되고……."

"아, 그렇군. 그런데 그게 왜 문제가 되는데?"

정말 한 마디도 안 들은 게 분명하다.

혈적현은 언성을 조금 높였다.

"아무리 뼛속까지 무인이라지만, 이 거대한 낙양지부에서 일대주의 자리에 있는 심검마가 이런 간단한 것까지 일일이 설명해야 할 정도로 무지한 건 큰 문제다."

"흐흠……. 원래 돈과는 그리 친하지 않아서. 내 생각이 다른 곳에 가 있던 건 분명한 실수다. 내 사과하지."

"……."

"설명해 주겠나?"

천마급 고수인 피월려가 먼저 사과까지 하는데 무공을 상실한 혈적현이 더 뭐라 한다면 외관상 안 좋을 것이다. 혈적현은 피월려의 머리를 한 대 쥐어박고 싶었지만, 한 번 더 참기로 했다.

"처음부터 설명하면, 대운제국의 건국자 혈운제는 대운제국의 일등공신에게 화폐를 제조할 수 있는 권리를 주었다. 즉 은을 은자로, 금을 금자로 만들 수 있는 권리는 그들에게밖에 없다는 거지."

피월려는 고개를 갸웃했다.

"그게 무슨 소용이야. 어차피 동일한 양의 은과 금이 그대로 같은 가치를 가지잖아."

"은자와 금자에 새기는 인장으로 불순물이 섞이지 않았다는 증거가 되니까 일종의 신용 장사지. 하여간 중요한 건, 그 다음이야. 대략 백 년 전에 은자와 금자보다 더 제조하기 쉽고 불순물을 제거하기 용이한 새로운 방법이 발견되었고, 이를 전(錢)이라 불렀다. 자보다 돈이 덜 들기에, 화폐발행권(貨幣發行權)을 가진 권문세가들은 모두 전으로 화폐를 발행하기 시작했다. 때문에 중원에는 은전과 금전이 상당수를 차지하는 거다. 그런데 단 한 곳에서만 보수적인 방법을 유지하며 계속 은자와 금자를 제조했는데, 바로 황궁이다."

"그래서 조금이지만 아직 세상에 은자와 금자가 남아 있었군."

"황궁에서 새로운 법을 제정하기를 이번 곡우까지 은전과 금전을 모두 폐하고 은자와 금자로 통합하겠다고 하는 거다. 이제 슬슬 머리에 들어오지 않아?"

확실히 어떤 그림이 그려지긴 했다.

피월려가 말했다.

"궁극적으로 권문세가들이 가진 화폐발행권을 빼앗기 위함이군."

"서서히 그들의 목을 조이는 거야."

"반발이 없나?"

"있지. 하나 지금은 삼왕자가 피로 길을 씻으며 황좌에 오른 역천의 시기. 황도의 막강한 권문세가가 모두 몰락한 지금, 백운회의 절대적인 지지를 받는 그는 어느 다른 권문세가보다도 막강한 힘을 가지고 있어. 게다가 황제의 시해로 인해 누가 되었든 간에 역적의 무리라 모함하고 강력한 백운회를 손에 쥔 검처럼 휘두를 수 있지. 때문에 몇 년 동안은 권문세가들이 함부로 대적할 수 없을 거야."

"그래서 권문세가의 반발도 무시하며 법을 제정할 수 있었군?"

"그뿐만 아니라 지금은 천도 사업으로 인해서 자금의 흐름이 어느 시대보다도 활발한 시기야. 이때 한번 갈아엎어 중원 자금의 대략적인 분포를 파악해 놓겠다는 거다."

피월려는 고개를 끄덕였다.

"그것으로 인해 우리에게 생기는 문제는?"

"천마신교에서 축적한 자금은 거의 모두 은전과 금전이다. 그 액수가 표면적으로 알려진 것보다 수십 배는 커서 공개하기 힘든 부분이 있어. 정해진 시일까지 모두 바꿔야 황도에서 쓸 수 있는데, 그때까지 낙양지부의 재산을 모두 바꾸는 건 어불성설이다."

"그럼 그냥 녹여서 쓰면 안 돼?"

"신용이 없는 금괴와 은괴는 유통이 용이하지 않다. 지금은 어느 때보다도 자금을 활발히 움직여야 하는 시기이고. 각종 사업이 판을 치고 있어. 한 사람에게 돈이 들어오고 나가는 속도가 상상을 초월한다. 교류할 때마다 순금인지 순은인지 확인할 수 없어. 그러니 순금이라고 인장이 찍힌 금전의 가치가 그렇지 않은 단순 순금의 가치보다 점점 더 높아지고 있어. 작년까지만 해도 인장값이 2푼이었는데, 지금은 일 할이고, 앞으로도 더 오르려고 하고 있어."

"인장값?"

"권문세가에서 순금과 순은을 금전과 은전으로 바꿔주는데 그 금은의 일 할을 받는다고! 그 인장값만 일 할!"

"뭐야, 누워서 돈 버는 거 아니야?"

"그 비율도 더 오르려고 하고 있다니까? 그만큼 신용의 수요가 급증했어."

피월려는 이제야 이해가 가는 것 같았다.

"그래서 황궁에서 딱 그런 공표를 한 것이군. 황궁에서만 화폐를 발행할 수 있게 말이지. 이번 천도 사업으로 돈을 엄청 풀었으니, 세금보다 더 획기적인 방법으로 돈을 걷으려는 거야."

"평소라면 자금의 흐름이 정체되는 걸 우려해서 절대로 그리할 수 없었을 거야. 하지만 지금은 오히려 자금의 흐름이 너무 빠른 시기지. 너무나 빨라 어디로 흘러들어 가는지조차 잘 알 수가 없어. 그러니 이를 늦추는 건 오히려 필요한 일이야."

"흐음……. 그런데 그렇게 바꾼다 한들, 사람들이 금전과 은전을 사용하지 않을까? 그 또한 권문세가에서 신용을 뒷받침해 주는 것이니, 황궁이 금지했다고 해도 쓰지 않을 이유는 없잖아?"

"다른 곳은 몰라도 황도에선 못 쓰지. 황궁이 직접 관여하고 직접 세금을 걷는데 어떻게 써."

"아……."

"중원의 자금의 이동이 활발한 이유는 바로 천도 사업 때문이야. 중원의 자금 중 구 할 이상이 황도에 집중된 실정이니, 금전과 은전을 폐한다는 법은 실제로 상당한 실효성이 있어."

피월려는 낮은 목소리로 웃었다.

"큭큭큭, 경제엔 문외한이지만 황궁의 이번 한 수가 대단한 것임은 알겠군."

혈적현이 깊은 숨을 내쉬더니 대답했다.

"평소라면 꿈에나 가능한 일이다. 누구도 생각해 낼 수 있지만 절대로 성공할 수 없는 이상의 정책이지. 하지만 불가능할 수밖에 없는 요소들이 지금 딱 이 순간엔 문제가 되질 않아. 권문세가의 반발, 시장의 정체, 그리고 실효성까지. 이 중 하나만 해결할 수 없어도 못 하는 일이야. 그걸 황궁은 실행하고 있다. 무공으로 치면 조화경의 고수의 한 수쯤으로 봐야 돼."

이것이야말로 지혜(智慧)다.

피월려가 물었다.

"꿈에나 가능한 것이 현재 가능하다고 과감히 판단을 내린, 정치에 있어 입신에 오른 자가 누굴까?"

혈적현은 고개를 돌렸다.

"아직 파악되지 않았다."

"그래? 그것 또한 참 대단한 부분이군. 하오문의 눈에서 벗어나 있다니."

"황궁 밖의 인물이라면 벌써 파악했을 거다. 황궁의 주민처럼 사는 황족 중 하나라 어렴풋이 추측하고 있을 뿐이야. 그래서 네 생각은?"

피월려는 어깨를 들썩였다.

"별거 아닌 거 같은데. 은자와 금자를 제조하는 건 전문가의 손이 필요하잖아?"

"그렇지. 다 알아봤다. 그러나 황궁을 향한 충성심이 너무 높아 그들을 회유하는 건 불가능해."

"전문가라면 그에 걸맞은 도구가 필요하겠지. 금과 은을 녹여야 하니 화로도 필요하겠고."

"그렇지."

"그럼 화로를 새로 만들어야 할 텐데."

"기존에 낙양에 있던 걸로 개조해서 쓰는 것 같다."

"응? 낙양에도 화폐발행권을 가진 권문세가가 있었나?"

"있지."

"어디?"

"황룡무가."

"……."

"왜?"

"문제 끝났네, 그러면."

"뭐가 끝나. 황룡무가의 화로를 황궁에서 쓴다 해서 뭐 달라지는 것 있나? 어차피 황궁의 사람들이 진을 치고 비법이 새어 나가지 않게 철통같이 지키는데. 게다가 현 황룡무가는 북쪽에 위치해 있어. 게다가 바로 옆에는 무림맹이 있지. 표면적으로는 우리를 섬기는 듯하나 벌써 무림맹에 기대고 있는 정황이 포착되고 있다. 더 안 좋은 건 우리가 그걸 어찌할 수 없다는 거야."

피월려는 어깨를 으쓱하더니 자리에서 일어났다.

"이번 일, 제일대에 위임해."

"묘수가 있나?"

"어차피 할 일도 없고 따분했어."

혈적현은 한번 방 안을 둘러보았다. 그와 눈이 마주친 대부분의 문인들은 고개를 끄덕이며 동의했다.

"좋다. 총주께 말씀드리지."

"그럼 날 부른 용무는 끝났나?"

"아, 지금 가봐야 하나?"

"왜?"

"간만에 실험할 게 있어서."

혈적현은 무공을 잃고 나서부터 기계공학을 공부하는 중이었다. 해괴망측한 기구들을 가지고 실험하는데, 피월려에게 자주 부탁하곤 했었다.

피월려는 손을 절레절레 흔들었다.

"됐어. 사적인 일이면 이따 밤에 연락해. 지금은 연주 시간이라."

"아, 그런가? 좋아, 그럼 밤에 보지."

피월려는 그렇게 방문을 나섰다.

그가 밖으로 나오자 주하가 즉시 전음을 보냈다.

[반각을 더 지체하면 오늘은 없던 걸로 하겠다 합니다.]

"큰일이군."

피월려는 뛰는 것과 걷는 것, 그 중간 걸음으로 복도를 빠르게 걸어 목적지에 도착했다.

산뜻한 향이 나는 방.

고귀한 천음지체의 여인, 류서하는 연주하던 금을 멈췄다.

최근 그녀는 입교를 위해 마단을 먹고 마공을 익히며 역혈지체를 이루는 중이었다.

매일 밤, 내력을 마기로 탈바꿈하는 과정에서 큰 고통을 견뎌야 했고, 그로 인해서 그녀의 안색은 항상 좋지 못했다. 이미 6개월이나 지난 지금도 그녀는 아직 과정 중에 있었다.

눈을 뜨고 피월려를 본 그녀는 탁한 색의 입술을 열고 지친 목소리로 말했다.

"늦으셨군요."

피월려는 멋쩍은 듯 그녀의 눈길을 회피했다.

"미안하오. 회의가 길어졌소."

"앉으세요."

피월려는 앞에 정좌했고, 이를 확인한 류서하가 다시 금을 연주했다.

한 곡을 익히기 위해선 지겨울 때까지 계속 들어야 한다는 것이 그녀의 지론이었기에, 항상 그녀의 곡조를 집중해서 듣는 걸로 수업은 시작했다.

망후조의 취월가.

피월려의 마음을 진정시키는 것이, 극양혈마공도 더 잘 진정시킬 수 있었다.

피월려는 냉정해진 마음으로 천천히 사고했다. 상황의 전후를 꼼꼼히 살피고 앞으로의 계획을 떠올리기 시작했다.

그가 물었다.

"잠시."

피월려는 류서하가 연주할 때는 절대 말을 거는 법이 없었다. 심각한 일이라 생각한 류서하는 연주를 멈추고 피월려에게 물었다.

"무슨 일이죠?"

"류 대원이 권문세가의 여식이라 묻는 것인데, 혹 화폐발행권을 가진 권문세가와 연이 있소?"

류서하는 생각지도 못한 질문에 눈이 동그랗게 변했다.

"화폐발행권이라면……. 금전과 은전을 제조할 수 있는 권리를 말씀하시는 건가요?"

"그렇소."

그녀는 고운 손으로 턱을 괴며 말했다.

"북경에서는 제 가문이 가지고 있었죠. 하지만 삼대도 전에 이미 화폐 제조를 할 수 없을 만큼 몰락하고 있었기 때문에 그쪽으로는 잘 몰라요. 하지만 제 친한 친우의 가문에선 아직도 화폐를 발행하고 있는 것으로 알아요."

"어느 가문이오?"

"하북팽가예요."

하북팽가는 하북에 있는 권문세가로, 황궁의 공인 외가라 할 수 있을 정도로 많은 황비를 배출한 가문이었다. 하북을 실질적으로 지배하는 자들이며, 그 세력 또한 다른 오대세가와 견주어도 손색이 없을 만큼 강력한 재력과 무력을 가지고 있다.

다만 오대세가에 포함되지 않는 이유는 역사적으로 그들은 관에 속한 권문세가이기 때문이며, 그들 스스로도 무림에 속하기를 꺼리는 면이 있었기 때문이다.

심지어 과거 천마신교에서 중원 정벌을 위해서 중원에 침공했을 때 그들을 막고자 결성된 무림맹에 단 한 번도 가입하지 않았었다.

피월려는 그 말에 잠시 고민에 빠진 채 독백했다.

"권문세가라면……. 가능성이 있겠어."

그가 생각을 정리하기까지 기다리려던 류서하는 그 시간이 너무 오래 걸리자, 툭 하니 내뱉듯 말했다.

"급한 일이시라면 오늘 수업은 그만하도록 하죠."

"아, 아니오."

피월려는 품속에서 소소(銷簫)를 꺼내 들었다. 그러자 류서하가 눈을 감고는 연주를 시작했다.

그는 연주에 맞춰 손가락을 부지런히 움직이며 그녀의 음악에 서서히 빠져들기 위해 노력했다.

음악엔 조예도 깊지 않고 관심도 없었지만 피월려는 최선을 다했다. 그러나 상념을 이기긴 힘들었다.

음악은 머리에서 멀리 떠나고 각종 계획과 해결책만이 머릿속에 가득 찼다.

"말해보세요."

피월려는 갑자기 연주를 멈추고 말하는 류서하를 보고 눈을 동그랗게 떴다.

"무엇을 말이오?"

"아무런 집중도 하지 못하시는 게 눈에 보일 지경이에요. 마음에 품은 걸 우선 말씀해 보세요."

피월려는 민망함에 눈길을 돌렸다.

"아, 미안하오. 다름이 아니라 하북팽가에게 내 소개를 한 번 해줬으면 해서 말이오."

"화폐에 관련된 일이군요."

"그렇소."

"명목상이긴 하지만 전 일대원이에요. 명령을 내리시면 얼마든지 수행하죠."

피월려는 그녀가 이상하게 불편했다. 천음지체이기에 오히려 더 관심이 쏠릴 만도 하건만, 오히려 몸이 그녀를 거부하는 듯했다.

그 이유는 자세히 모르지만, 아마 상옥곡의 무공으로 천음지체의 저주에서 벗어났으니 그로 인해 양기를 갈구하는 부작용이 전혀 없어 오히려 극양혈마공이 꺼리는 것이 아닌가 하고 짐작했다.

피월려는 담담하게 말했다.

"뭐, 말은 그렇게 했지만 사실상 명령이긴 하오."

"그러실 줄 알았어요. 이 음악 수업도 반은 명령이니까요."

"연을 대주실 수 있소?"

"가능해요. 다만 한 가지 조건이 있어요."

"무엇이오?"

"곡주님께서 부탁하기를, 일대주께서 곡주님의 부탁을 잘 수행하고 있는지 확인하라 하더시군요."

피월려는 상옥곡의 도움을 받았을 때, 그 대가로 곡주의 부탁을 들어주기로 했었다.

그는 그것을 기억하면서 대답했다.

"아, 기억나오."

류서하의 아미가 살짝 찌푸려졌다.

"그 뜻은 아직 전혀 살펴보지 않았다는 뜻이로군요."

피월려가 대답했다.

"솔직히 말하면 그렇소. 이후 여러 일들이 있어서, 전혀 생각하지도 못하고 있었소."

류서하가 잠시 뜸을 들이더니 말했다.

"역혈지체를 이루기 위해서 기존의 상옥곡의 내공을 마공으로 탈바꿈시킬 수 있는 마공을 선택해야 했어요. 그 때문에 고민이었는데, 알고 보니 상옥곡의 내공을 이미 마공화시킨 것이 있더군요."

피월려가 턱을 괴었다.

"곡주께서 찾는 인물이 만든 것일 수도 있겠군. 자기 내공을 마공화시키기 위해서 연구하였을 것이오. 그 마공의 이름이 무엇이오?"

"연한마공(憐恨魔功)이에요. 이름조차 상옥공의 내공인 연한신공(憐恨神功)에서 따온 것이죠."

"그것을 누가 만든 것이오?"

"아쉽게도 무공서엔 창시자의 이름이 없었어요."

피월려가 말했다.

"거기서부터 출발하면 되겠소. 지금부터라도 힘닿는 데까지 알아보겠다, 전해주시오."

류서하는 한숨을 쉬었다.

"그 말이 진심이었으면 좋겠군요."

피월려는 방긋 웃었다.

*   *   *

4개월 전.

파검(破劍)의 여파로 정신을 잃은 피월려가 눈을 뜬 곳은 그가 처음 보는 곳이었다.

각종 동물의 사체가 달려 있는 것으로 보아 미내로의 거처인 듯한데, 묘장의 그 집과는 어딘지 모르게 구조가 많이 달랐다.

그는 시각 외에 다른 오감에 좀 더 정신을 집중했다. 가장 먼저 신호를 보내온 곳은 촉각이었다.

조금이라도 몸을 움직이려고 하면 무언가 온몸을 꽉 붙잡고 놓아주지 않는 듯한 구속감을 느꼈다. 그 느낌은 피부 일부에서 느껴진 것이 아니라, 전체적으로 분포되어 있어 그의 몸을 구속하고 있는 것이 흙 같은 가루거나 무거운 액체라는 걸 알 수 있었다.

그는 호흡했다. 깊게, 그리고 길게. 그러나 후각에 느껴지는 건 아무것도 없었다.

이는 그가 있는 곳이 외부가 아닌 내부라는 뜻이다. 그것도 외부의 공기가 잘 스며들지 않는 밀폐된 곳. 그렇기에 후각에선 아무것도 느껴지지 않는 것이다.

피월려는 눈을 깜박였다. 빛이 새어 드는 것이 눈동자를 따갑게 했다. 그는 한참을 그렇게 있었고, 얼마나 오랜 시간이 흘렀는지 가늠할 수 없을 때쯤, 그의 후각에 다른 냄새가 잡히기 시작했다.

"깨어났구나."

미내로의 목소리가 동굴에서 울리듯 들렸다. 물속에서 목소리를 듣는 것 같은 기분이다.

"조금만 기다려라."

미내로는 다시 밖으로 나갔다. 그러곤 곧 지팡이를 가져와 그의 몸 앞에 뻗고는 이상한 주문을 외우기 시작했다. 중원의 말과는 판이하게 다른 것이라 피월려는 그녀의 말을 단 한 마디도 이해할 수 없었다.

불쾌한 붉은빛이 환하게 빛나다가 갑자기 어둠에 삼켜졌다.

그리고 그 즉시 피월려의 몸을 구속하던 액체가 완전히 소멸했다.

쿵.

"크윽."

아래로 떨어진 피월려는 고통에 신음하며 몸을 숙였다. 그런데 그런 작은 움직임 하나하나에서도 찌릿한 고통이 몰려왔다.

그를 내려다보던 미내로가 한마디 했다.

"마법으로 육신을 보존해 놨으니 움직이는 데 문제는 없을 것이다. 다만 명령을 실어 나르는 신경이 다시 가동하기 위해선 조금 적응해야 하는 문제가 있다. 네가 몸에 명령을 내릴 때마다 찌릿한 고통이 느껴지겠지만, 부지런히 몸을 움직이면 반 시진 안에 모두 사라질 것이다."

피월려는 입을 열어 목소리를 내려 했지만, 몸이 말을 듣지 않았다.

미내로는 그에게서 시선을 거두며 말했다.

"옷은 옆에 두었다. 몸에서 더는 고통이 느껴지지 않을 정도로 몸을 움직이고 난 후에 옷을 입고 밖으로 나와라."

그녀는 그렇게 말한 후, 밖으로 나갔다.

피월려는 대략 반 시진 동안 몸을 움직이며 점검했다. 용안 심공도, 극양혈마공도 모두 전과 다른 점을 찾을 수 없었다. 육신도 전과 똑같았다.

그는 옷을 입고 밖으로 나갔다. 그러자 묘장에서처럼 각종 동물의 사체가 줄줄이 달려 있는 큰 방이 나왔다. 전체적인 모습은 전과 흡사했다.

피월려는 미내로가 앉아 있는 식탁으로 걸어가 그 앞 의자에 앉았다.

"시간이 얼마나 흐른 겁니까?"

"두 달 정도 흘렀다. 내 생각보다 회복이 빨랐구나."

"그동안 절 치료해 주신 겁니까?"

미내로는 곰방대를 찾아 그곳에 담배를 넣었다. 그리고 손가락을 탁 하고 튕기자 담배에 불이 붙었다.

"치료는 네 스스로 했지. 난 소생 마법은 잘 알지 못해."

"황룡검주를 상대한 나 선배를 치료하시지 않으셨습니까?"

"그건 치료고, 이건 소생이고."

"예?"

"아, 됐다. 중원의 언어로는 표현하기 힘들구나. 흔히 생각하는 회복에는 몇 가지 유형이 있는데, 나지오의 경우처럼 검상을 회복시키는 건 어느 마법사에겐 그리 어려운 일이 아니다. 다만 네 몸처럼 안에서부터 썩어 들어가는 걸 고치는 게 어려운 게지. 정확하게 말하면 네가 스스로 네 몸을 고친 거다. 나는 네 육신을 유지시켰을 뿐이야."

"그 또한 절 치료한 것과 다름없습니다. 감사드립니다."

"무슨 감사. 됐다. 그보다 너와 나눠야 할 대화가 산더미이니 하나씩 얘기를 나눠보도록 하자."

피월려는 고개를 끄덕였다.

"물으십시오."

"우선 빙정을 심장에 박고 내 집에 쳐들어온 그놈 말이다."

"가도무 선배를 말씀하십니까?"

"그래, 그놈. 박소을에게 듣자 하니 아주 가관인 놈이더구나. 내 영약을 훔친 것도 그놈의 짓이라 들었다. 사실이냐?"

"예, 사실입니다."

"네가 그놈을 내게 보낸 이유가 무엇이냐? 네게 직접 듣고 싶다."

피월려는 고개를 저었다.

"제가 보낸 것이 아닙니다. 그가 스스로 어르신께 간 것입니다."

"그러니까, 왜?"

"어르신이 아니면 자기 존재를 유지할 수 없다고 믿는 모양입니다."

미내로는 말이 없다 이내 스스로에게 말하듯 말했다.

"하긴, 내가 아니라면 더 존재할 수조차 없는 모양새였지."

피월려는 주변을 둘러보다가 물었다.

"그를 어찌하셨습니까?"

"빙정을 제거하고 내 패밀리어(Familiar)로 만드는 마지막 단계에 있다."

이상한 단어에 피월려가 의문을 표했다.

"패밀리어라 하심은?"

"패밀리어가 없는 마법사는 견습일 뿐이다. 진정한 마법사로 인정받을 수 없다. 내 패밀리어는 중원에 올 때 잃어버렸기 때문에, 이곳에서 제대로 된 패밀리어를 만들려 했다. 수많은 시행착오 중에 가장 좋은 시체를 얻었으니, 이젠 패밀리어를 가져야 하지. 쉽게 말하면 내 강시가 된다는 말이다."

"설마 가도무가 강시가 되었다는 겁니까? 그가 그걸 받아들였습니까?"

"존재만 한다면 어떤 것도 마다하지 않겠다 했으니, 영원토록 내 노예가 되는 조건조차도 쉬이 받아들이더구나."

"……."

"왜 그러느냐?"

"그에게 들어야 할 것이 있습니다."

"태극음양마공 말이냐?"

"어찌 아십니까?"

"왜 모르겠느냐? 실낱같이 희미한 그 존재가 스스로를 유지할 수 있었던 유일한 목적이었으니, 그 주인이 된 내가 모를 리가 없지 않느냐?"

"유일한 목적이라 하시면?"

미내로가 옅은 미소를 머금었다.

"생명이 다한 그놈은 죽었다. 즉 그의 생각과 인격, 그리고 정신은 사념이 되었고, 이는 목적이 없다면 빠르게 소멸하게 되어 있다."

"그게 무슨 뜻입니까?"

"내가 익힌 네크로멘시(Necromancy) 학파에서는 생명을 정의(精義)하기를, 목적 없이 존재할 수 있는 것이라 한다. 즉 생명이 아닌 것들은 목적을 상실할 경우 자연스럽게 소멸하게 된다. 가도무 그놈도 그와 같은 경우다. 생명의 범주를 넘어 버려, 어디서라도 목적을 받지 못하면 존재할 수 없는 상태였지. 그런 그에게 네가 목적을 던져주었다. 그래서 그놈은 나와 계약할 때까지 그나마 존재를 유지할 수 있었던 것이다. 만약 네가 그런 약속을 하지 않았다면, 결국 완전히 소멸했을 것이다."

피월려는 입을 살포시 벌렸다.

"그래서 그가 나와 그런 약속을 한 것입니까? 그걸 이용하려고 말입니까?"

"사념의 본능으로 그런 것이겠지. 그 이치를 이해하고 그런 것은 아닐 것이다."

"……."

피월려는 무언가 놓치고 있다는 느낌을 받았다. 그러나 아무리 기억하려 해도 기억나지 않았다. 분명 가도무가 스스로의 존재를 연장하게 된 것과 깊은 관련이 있는 것인데 어떻게 그런 중요한 것을 까먹었는지 신기할 정도였다.

미내로가 말을 이었다.

"하여간 그 목적을 완수하여 목적이 없어져야지만 그놈이 내 강시로 다시 태어날 수 있다. 때문에 우선적으로 네게 태극음양마공을 알려주려 한다."

미내로는 그렇게 말하고는 눈을 감아버렸다. 이를 가만히 지켜보던 피월려가 의문을 품을 때쯤, 그녀의 지팡이에서 검붉은빛이 새어 나오기 시작했다.

피월려가 자세히 보니, 미내로의 입술이 미세하게 흔들리고 있었다. 아니, 무언가 중얼거리고 있는 것이 틀림없었다.

잠시 후, 그녀의 지팡이에서 환한 초록빛이 폭사되었다. 그리고 불결하기 짝이 없는 검회색의 연기가 흘러나와 바닥과 그 바로 이 장 정도 위 공중에 둥그런 원을 만들었고, 그 속에 복잡하기 짝이 없는 문양을 그렸다. 그러곤 마치 늪의 물처럼 진득한 액체가 양쪽에서 나와 서로를 향해 느리게 흐르는데, 마치 수십 개의 가느다란 종유석과 석순이 빠르게 만들어지는 것 같았다.

곧 그것들이 모여 또다시 복잡한 모형을 공중에 그렸다. 단순한 평면에 그리는 것이 아니라 한 공간 안에 그려지는 것이라 그런지, 복잡을 넘어서 난잡하기까지 했다. 그리고 문양의 중앙에서 검은 연기가 생성되더니 곧 그 원통형의 마법진 안을 가득 메워 전혀 그 안을 볼 수 없게 되었다.

"서먼(Summon)."

미내로가 마지막 말을 마치자, 마법진이 갑자기 완전히 사라졌다. 그리고 그 속의 검은 연기가 사람의 모습을 이루더니, 곧 가도무의 모습으로 돌변했다.

건장한 체격.

살벌한 눈빛.

가공할 마기.

이는 피월려가 처음 그를 대면했을 때의 모습보다 더 강한, 전성기의 가도무였다.

가도무는 고개를 돌려 피월려를 보았다. 그러더니 대뜸 세상이 떠나가라 광소했다.

"크하하! 크하하! 크하하! 하하하! 본좌가 말하지 않았느냐? 기필코 소생하겠다고! 크하하!"

당장에라도 밖에 뛰쳐나가 낙양 전체를 피로 물들일 수준의 살기가 가도무의 몸에서 폭사되었다.

기뻐 웃는데 그것이 살기로 표현된다?

천마급에 이른 천살성이 얼마나 위험한 존재인지 적나라하게 보여주고 있었다.

피월려가 말했다.

"이것이… 마공의 부작용으로 생명이 꺾이기 전의 몸입니까?"

가도무가 돌연 광소를 멈췄다.

"그 후에 이른 천마급 마기까지 갖추고 있으니, 본좌의 전성기보다 더한 몸이지."

"……."

"역시 네놈도 소생하였구나. 본좌는 믿었다. 네놈이 소생할 것이라고."

그의 말에 미내로가 작게 덧붙였다.

"이놈이 죽으면 목적을 완수할 수 없는 네놈도 소멸하게 되니 그리 믿은 것이 아니냐? 잔말 말고 네 목적을 완수하여 약속에서 벗어나라. 그래야 나와의 계약을 완성할 수 있으니. 그러라고 전성기의 몸을 되돌려 준 것이니라."

"하하하. 알았다, 노파. 성격 한번 급하구나. 피월려, 준비는 되었느냐?"

"예."

"그럼 귀를 기울여 본좌의 말을 잘 들어라."

이후 가도무는 태극음양마공의 구결을 모두 일러주는 것은 물론이고, 그가 언급했던 무단전에 관한 깨달음까지도 모두 전수해 주었다.

피월려가 이해하지 못하고 묻는 것을 모두 자세히 답하고 그 후에 피월려의 지식을 점검까지 해주며 정성을 다해 피월려를 도왔다.

몇 시진이나 계속되었는데도 두 사람은 지칠 줄 몰랐다. 무공에 관해 말을 하라고 하면 삼 일 밤낮을 새워도 부족한 그들이다.

몇 시진 정도가 반각처럼 흘러갔다.

피월려는 스스로 완전히 이해했다고 확신하자, 옆에 엎드려

잠을 청하고 있는 미내로를 깨웠다.

"크응, 대화는 끝났느냐?"

그녀는 그들의 오랜 대화에 지쳐 어느새 잠이 든 것이다. 피월려가 희미한 미소를 지으며 말했다.

"예. 이제 가 선배가 목적을 완수하였으니, 소멸하기 전에 서둘러 계약해야 하지 않습니까?"

미내로는 엎드려 자다 흘린 침을 닦으며 말했다.

"아까 내가 한 말을 못 알아듣는 척하더니 죄다 알아들었구나."

"……."

"가도무, 내 앞에서 무릎을 꿇어라."

가도무의 얼굴은 일그러질 대로 일그러져 아주 가관이었다. 그러나 그는 시키는 대로 미내로의 앞에 앉아 고개를 숙였다.

피월려가 미내로에게 말했다.

"그럼 저는 태극음양마공을 적용하기 위해 잠시 운기조식을 하겠습니다."

"나도 시간이 좀 걸릴 테니 마음대로 하거라."

"예."

피월려는 즉시 가부좌를 틀고 앉아, 태극음양마공의 해석을 바탕으로 극양혈마공을 다스리기 시작했다. 오랫동안 활동하지 못한 극양혈마공은 비교적 온순한 상태였고, 피월려의 인도대로 수월하게 따라왔다.

미내로는 지팡이를 높이 들어 가도무에게 말했다.

"이 마법은 내 고향의 고수들이 맹약(盟約)할 때의 전통적인 방법을 그대로 따른 것이다. 따라서 그대로 행하는 것이 중요하다."

"본좌가 무엇을 행하면 되는 건가?"

가도무의 질문에 미내로가 말했다.

"일단 지금처럼 양쪽이 아니라, 한쪽 무릎만 꿇어라."

"뭐라고? 어떻게?"

미내로는 한숨을 내쉬더니 몸소 시범을 보였다. 그러자 가도무가 냉소로 일관하며 투덜거렸다.

"이상한 짓거리군."

"그대로 머리를 숙이고 있으면 된다."

"그래?"

가도무는 미내로가 보여준 대로, 한쪽 무릎을 꿇고 한쪽 무릎은 세운 이상한 자세로 미내로 앞에 앉았다. 그를 내려다본 미내로가 중얼거렸다.

"그럼 시작하지."

미내로는 지팡이를 가도무의 왼쪽 어깨에 가져갔다. 그러곤 들어 그의 오른쪽 어깨에 다시 대고는 한 번 더 들었다.

"내가 하는 말을 그대로 따라 하거라."

미내로는 그 후, 그녀의 모어(母語)로 말하기 시작했다. 중원인이라면 누구라도 발음조차 하기 어려운 괴상한 언어였다. 그런데 가도무는 완벽한 어휘로 그 말들을 그대로 따라 했다. 오로지 마법의 힘으로만 가능한 놀라운 일이었다.

오랜 영창 끝에, 미내로의 지팡이에서 빛이 사라지고 검은 연기가 폭사되었다.

그 검은 연기는 곧장 가도무의 귀와 입, 그리고 눈 속으로 들어갔다. 그러자 가도무는 너무나 괴로워하며 몸을 마구잡이로 꼬면서 그대로 나뒹굴었다. 그러나 자존심이 용납하지 못하는지 소리를 지르진 않았다.

검은 연기가 모두 몸에 들어가자 미내로가 크게 숨을 내쉬었다.

"후우…… 성공이군."

가도무는 아직도 이를 악물고 버티면서 바닥에서 몸부림치고 있었다.

그렇게 지나길 한 시진.

운기조식을 마치고 가부좌를 푼 피월려가 몸을 뒤틀며 고통스러워하고 있는 가도무를 흘깃 본 뒤 미내로에게 물었다.

"마법은 잘된 것입니까?"

"앞으로 지켜봐야 하겠지만, 지금까진 잘되었다. 이젠 중원의 강시와 내 마법을 융합하는 것이 매우 손쉽구나."

피월려는 그녀의 말의 의미를 대강 파악할 수 있었다.

"성취를 축하드립니다."

"중원의 강시는 내 마법 학파에서 지금껏 연구한 어떤 언데드(Undead)보다도 보존률이 높다. 중원으로 낙오했기에 강시에 관해 배울 수 있었으니, 그리 악운은 아니군그래. 네 덕분에 좋은 실험체를 두 번이나 제공받아 이룰 수 있던 경지이니 네 공이 크다."

"두 번 말입니까?"

"아아, 아니다. 됐고, 너는 어떠하냐? 태극음양마공이 도움이 되더냐?"

미내로는 뭔가 숨기는 듯했지만, 피월려는 묻지 않았다. 물어도 대답하지 않을 것이 뻔하기 때문이다.

피월려는 고개를 끄덕이며 말했다.

"예. 꽤나 큰 성취가 있었습니다. 무단전의 묘리까지 포함되어 있어, 극양혈마공에 적용시키는 데 큰 무리가 없었습니다. 극양혈마공에서 제대로 설명되지 않은 부분까지도 모두 이해할 수 있었고, 뿐만 아니라 그보다 더 높은 경지의 것까지 얻을 수 있었으니, 이는 12성 대성이라 봐도 무방할 것입니다."

"그러면 음양의 부조화에 관한 문제는 해결되었고?"

"그건 근본적인 문제라 고치는 것이 불가능합니다."

"그럼 나아진 것이 없지 않느냐?"

피월려는 희미한 미소를 지었다.

"뭐랄까… 하나가 된 기분입니다."

"하나가 되다?"

"전에는 극양혈마공이 제 몸속에 존재하는 다른 인격인 것처럼 느껴졌는데, 이젠 제 손과 발처럼, 몸의 한 부분처럼 느껴집니다. 명령을 내리면 완전히 순응하여 반응하는 그런 것 말입니다."

"근본적인 문제는 그대로이지 않느냐?"

"근본적인 문제도 어느 정도는 해결되었다고 보면 됩니다."

미내로는 빤히 피월려를 보다가 눈을 가늘게 떴다.

"내가 하는 말과 네가 알아들은 말이 다른 듯하구나."

피월려는 고개를 갸웃하더니 물었다.

"어르신께서 근본적인 문제라 하신 것이 극음귀마공으로부터 자유롭지 못함을 뜻하시는 것 아닙니까?"

미내로는 고개를 가로저었다.

"아니, 내가 말한 근본적인 문제라 함은 단순한 음양의 불균형이었다."

"아……. 그렇다면 어르신의 말씀이 맞습니다. 음양의 불균형은 극양혈마공을 익힌 이상 절대로 고칠 수 없는 것입니다. 지금도 끊임없이 외부로부터 음기를 공급받아야 합니다. 단지 더 이상 극음귀마공의 음기일 필요가 없다는 뜻입니다. 방금 깨달은 태극음양마공으로는 어떤 음기든 제게 필요한 음기로 정제할 수 있습니다."

"그럼 극음귀마공을 익힌 여인와의 음양합일은 필요 없겠구나?"

피월려는 한숨을 내쉬었다.

"굳이 극음귀마공의 음기가 필요없다 해도, 어차피 엄청난 양의 음기가 필요하기 때문에 보통 여인들로는 극양혈마공을 잠재울 수 없습니다. 그러니 천음지체와의 음양합일에선 자유로울 수 없을 듯합니다."

미내로는 잠시 시선을 내리고 땅을 보다 중얼거렸다.

"흐음……. 이를 다 내다본 것인가……."

피월려는 미내로의 독백이 무슨 뜻인지 궁금했지만, 미내로의 표정을 보아하니 물어도 대답하지 않을 것이라 생각했다. 미내로는 독백을 버릇처럼 하지만, 다른 사람이 그것을 언급하는 것을 불쾌히 여긴다.

피월려는 다른 것을 물었다.

"가도무 선배는 어떻게 됩니까?"

가도무는 지금까지도 사지를 꼬며 고통 속에 있었다.

냉랭한 말투로 미내로가 대답했다.

"그대로 두어라. 내가 알아서 할 테니. 본래 가진 힘이 너무 강하여 계약에 완전히 복종할 때까진 시간이 걸릴 것이다."

"얼마나 걸립니까?"

"같은 천마급이었던 흑노와 암노는 대략 오 년이 걸렸느니라. 그도 실패하여 패밀리어는 될 수 없었으니, 아마 이자의 경우 더 걸릴 것이다."

"오, 오 년……."

오 년 동안 저런 고통을 받아야 한다는 것인가? 피월려는 꿀꺽 침을 삼켰다. 이를 본 미내로가 그에게 말했다.

"강력한 힘을 가진 생명체였을수록 오래 걸리느니라. 인간이니 그나마 오 년이지, 용의 사체를 부리려면 이십 년도 넘는 세월을 쏟아부어야 한다."

"……."

"그럼 저놈의 일은 해결한 듯하니, 다른 것을 묻도록 하겠다. 그 전에 배가 고프지 않으냐?"

피월려는 사실대로 말했다.

"예, 공복입니다."

"내 식사거릴 가져오지. 그동안 저놈을 한쪽으로 치워둬라."

미내로가 식사를 준비하러 간 사이 피월려는 가도무의 몸을 업고 한쪽으로 옮겼다. 사지를 파르르 떨며 심장이 미칠 듯이 뛰는 것이 느껴졌는데, 그 공포스러운 가도무가 이리도 처참한 신세가 된 것을 보니, 그 고통이 상상할 수도 없이 크다는 것을 짐작할 수 있었다.

오 년 동안이라.

피월려는 흑노와 암노의 정신이 제대로 남아 있지 않은 이유를 알 것 같았다.

밥은 기름에 볶은 밥과 몇몇 나물로 만든 것이 다였다. 하지만 오랜 시간 공복이었던 피월려의 입에는 진수성찬과 다름없었다. 미내로는 몇 번이나 피월려를 보며 대화하려 했지만, 워낙 게걸스럽게 먹어치우는 피월려의 모습을 보곤 묵묵히 그가 다 먹기를 기다렸다.

배가 차자, 이제 슬슬 눈치가 보이기 시작한 피월려가 헛기침을 하곤 물었다.

"그…… 거의 드시지 않으시는 듯합니다만?"

미내로는 물 잔을 들어 물을 마시곤 대답했다.

"원래 소식하느니라. 잘 먹었느냐?"

"예."

"난 시비를 두지 않는다. 저쪽에 기름과 천이 있으니 저쪽에서 네가 닦아라."

"아, 예."

피월려는 얼떨결에 일어나 식기를 들고 한쪽으로 가, 천에 기름을 묻혀 닦아내기 시작했다.

낭인 시절에는 아무렇지도 않게 하던 일이다. 천마신교에 입교하여, 주하와 원설이 자잘한 일을 처리하면서부터 꽤 오랫동안 하지 않았던 피월려는 식기를 닦는 일이 참으로 생소하게 느껴졌다.

피월려는 잠시 낭인 시절의 상념에 빠진 채 무의식적으로 식기를 닦았다.

"다 닦았으면 이리 와 앉아라."

피월려는 상념에서 깨어나 식기를 놓고 미내로 옆에 앉았다.

미내로는 또다시 곰방대를 꺼내 마법으로 담뱃불을 붙였다. 한 모금 가득 연기를 물더니 깊게 내쉬며 말을 이었다.

"내가 왜 담배를 피우는 줄 아느냐?"

"그야……."

"당연히 모르겠지. 그냥 물어본 말이다."

"……."

"담배를 피우면 마음이 저절로 다스려지기 때문이다. 나 같은 마법사는 정신적 노동 때문에 항상 마음이 지쳐 있어, 마음을 다스리는 것이 중요하다. 이는 무림인도 그러할 것이라 본다. 특히 심공을 익히고 자주 사용하는 너도 마찬가지이겠지."

"그렇습니다."

"네 몸 상태에 대해 얼마나 아느냐?"

"극양혈마공에만 정신이 팔려 용안심공을 한계 가까이 몰아붙였다는 걸 인지하지 못했었습니다. 심검을 깨우친 뒤 심검을 사용하면서 한계를 넘어버리도록 용안심공을 남용했고, 때문에 역화검에 자극을 받은 극양혈마공의 폭주를 끝으로 용안심공이 더는 버티지 못하였습니다."

"그래서 그 검을 부순 게로군."

"역화검을 맛본 극양혈마공은 서서히 기지개를 켜듯 더 광포해지더군요. 하지만 용안심공도 한계에 부딪친 상태였습니다. 용안심공의 힘을 빌리지 않고 극양혈마공을 잠재울 수 있는 방법을 생각하니, 역화검을 부수는 것이 유일한 길이라는 것을 깨달았습니다."

"마법사가 자기 지팡이를 부수는 건 상상할 수도 없다. 검객 또한 자기 검을 부수는 건 쉬운 일이 아니었을 텐데."

"다시는 사용할 수 없는 일회적인 방법이지만, 그 순간에는 필요했던 일입니다. 어쩔 수 없었습니다. 조금이라도 더 살고자 그리한 것입니다."

"그 검이 없이는 검술을 펼칠 수 없느냐?"

"보통 검술은 상관없을 겁니다. 다만 완전한 어검술의 경지에 이른 검이 아니라면, 아마 심검은……."

"다른 검으로는 심검을 펼칠 수 없다는 뜻이냐?"

"그 역시 확실하지 않습니다. 파검(破劍)으로 인해 정신적인 영향 및 극양혈마공과 용안심공에까지도 엄청난 여파가 있었습니다. 그 극단적인 방법으로 극양혈마공을 잠재운 대가가 무엇인지……. 도대체 어디까지 잃었는지, 아니면 더 얻었는지……. 사실 그조차도 모르겠습니다."

"쯧쯧쯧."

"기절하기 직전, 박소을 총주께서 진정으로 천마에 이르렀다 했는데, 그것이 맞다면 분명 다른 검으로도 심검을 펼칠 수 있겠지요. 하지만 지금 기분상으론 못할 거 같습니다."

"한번 갔던 길이니 다시 걷기 수월할 것이다. 그래서 지금 상태는 딱 정의하여 어떠하냐?"

피월려는 극양혈마공과 용안심공의 기운을 느끼며 대답했다.

"극양혈마공은 쥐 죽은 듯 얌전하고, 용안심공 또한 완전히 회복된 듯합니다. 그러나 곧 음기의 공급이 필요할 것입니다."

"다행이구나. 하나 문제는 앞으로다. 더는 내 제자와 음양합일을 할 수 없을 터이니."

"……."

"사실 네가 깨어날 때 이곳에 린 아가 있었다. 네가 나온다 하니 바로 나가더구나. 아마 다시는 린 아와 함께할 수 없을 것이다."

피월려는 천서휘의 옆에 서 있던 진설린을 머릿속으로 그렸다. 이로 인한 질투심 또한 용안심공의 폭주를 도왔던 기폭제였다. 그러나 지금은 아무런 감정도 생각도 들지 않았다.

오히려 그 뒤에 있었던 일이 더욱 염려되었다.

"제갈미는 어떻게 되었습니까?"

"누구?"

"혹 모르십니까? 일대원인데."

미내로가 피월려의 말을 잘랐다.

"모른다."

"……."

"하여간 린 아와 네가 음양합일을 할 수 없으니, 너는 극양혈마공을 진정시킬 다른 수단이 필요할 것이다. 네 말대로 다른 여인과의 음양합일로는 그저 버티기 수단밖에 되지 않지. 머지않아 두 달 전의 일이 반복될 것이다."

피월려의 안색이 급격하게 어두워졌다.

"사십 년의 내력을 이룬 후 이렇다 할 발전이 없었습니다만, 역화검의 자극으로 인해 총량까지도 늘어난 듯합니다. 천음지체 수준의 음기를 공급받지 못한다면 칠 주야도 못 가 내부에서 폭발할 것입니다."

"그거 골치 아픈 일이군."

"그래서 제갈미에 대해 물어본 것입니다. 혹시나 천음지체인 그녀가……."

"아… 린 아 말고 다른 천음지체 아이 말이냐? 그 아이의 이름이 제갈미였구나."

"예. 제갈미가 저와 음양합일을 해준다면 극양혈마공을 다스릴 수 있을 것입니다."

"그래서 또 그 아이에게 생명줄을 내어줄 생각이냐? 그 아이가 떠나면? 그 후엔? 또 다른 천음지체를 찾아 나설 것이야?"

"다른 수가 없습니다. 천음지체가 아니라면 극음의 기운을 공급받을 수 있는 길이 묘연하지 않습니까?"

"있다면 어찌하겠느냐?"

"예?"

미내로는 품속에서 작은 퉁소 하나를 꺼냈다. 백색의 반투명한 빛깔을 지닌 그것은, 보는 사람의 시선을 빨아들이는 묘한 분위기를 잔뜩 머금고 있었다. 피월려는 정신없이 그것을 바라보다가 이내 거기서 느껴지는 한기에 놀라 말했다.

"서, 설마……."

미내로는 고개를 끄덕였다.

"네 검의 잔해를 모아 빙정과 결합하여 만든 것이다."

피월려는 크게 놀라며 물었다.

"아니, 어찌 빙정을 정제하여 이런 모양을 만들 수 있습니까? 화산의 용암으로도 불가능할 것입니다."

"별빛이라면 가능하지."

"예?"

"내 고향에는 햇빛으로 금속을, 별빛으로 비금속을 제련하는 특이한 기술을 가진 대장장이들이 있다. 빙정은 비금속에 속하는 것으로, 그들의 방법을 이용하면 별빛으로 제련할 수 있다. 내 지팡이에 박힌 이 수정 또한 그리 제련한 것이지. 지팡이가 후졌으니, 적어도 핵이라도 좋은 걸로 바꿔야 하지 않겠느냐? 내가 직접 지팡이의 핵을 제련하면서 그 방법을 익혔었다. 이 빙정으로 만든 통소도 그 방법으로 만든 것이다."

"지, 직접 만드신 겁니까?"

"그렇다. 받아라."

피월려는 감히 손을 뻗지 못했다.

"이런 귀한 것을 어찌 그냥 받습니까?"

"누가 그냥이라 했느냐? 조건이 있으니 일단 받아보거라."

피월려는 얼떨결에 그것을 받아 들었다. 그러자 의외로 조금 차갑다는 느낌만 들 뿐, 뼛속까지 시리는 빙정의 한기까지는 느껴지지 않았다.

미내로가 말을 이었다.

"소소(銷簫)라 한다. 소을이 그리 지었으니, 따지고 싶거든 그에게 따져라."

"아, 아닙니다. 받는 주제에 무엇을 따지겠습니까. 그런데……"

"왜?"

"솔직히 말씀드리겠습니다. 왜 제게 이것을 주시는지 이해하기 어렵습니다."

"조건이 있다 하지 않았느냐."

"아니, 그것이 아니라……."

미내로가 코웃음 쳤다.

"흥, 린 아의 일을 말함이냐?"

피월려는 잠시 말이 없다 말을 이었다.

"사실 제자인 진설린과 저는 관계가 완전히 틀어진 상태입니다. 제자를 아끼시는 미내로 대주께서……."

미내로가 말을 잘랐다.

"대주가 아니니라."

피월려는 정정했다.

"귀목선자께서 아무리 조건이 있다 한들, 제게 이런 호의를 베푸시는 이유를 모르겠습니다."

미내로는 의미심장한 미소를 지으며 대답했다.

"내가 린 아를 아낀다 할 때의 그 의미가 제대로 전달되지 않은 듯하구나."

"예?"

"소을이 네 목숨을 살리자고 강경하게 주장하는 걸 보면, 네게 말해도 상관은 없겠지."

담담하면서도 어딘지 모르게 서늘한 말투.

피월려는 조심스럽게 물었다.

"무슨 뜻입니까?"

미내로가 담배를 한 모금 머금고는 자기 머리를 가리키며 말했다.

"내가 사고할 때 쓰는 모어에는 아낀다는 말이 두 가지로 나뉜다. 하나는 중원의 말과 같이 진심으로 아끼는 걸 뜻하는 것이고, 다른 말은 도구로서 아낀다는 뜻이다. 내가 진설린을 아낀다 할 때의 의미는 후자의 경우다."

"도구로서… 아낀다는 말씀이십니까?"

"내게 필요하니까 아낀다는 의미지. 그 아이를 위해서 내가 어떤 희생을 치르겠다는 의미가 아니니라."

피월려의 표정이 미묘해졌다.

"지금까지 보아온 바로는 그리 보이지 않았습니다만, 제자로서 아끼시는 것 아닙니까?"

미내로의 시선이 흐려졌다.

"흐음……. 중원 말로 표현하기 어렵군. 그냥 직역하자면, 린 아와 나의 거리보다 너와 나의 거리가 더 가까워졌기에 진실을 말해준 것이다. 지금까지는 넌 내게 타인보다 조금 더 가까운 사이일 뿐이었다. 하지만 지금은 다르지."

피월려는 어느 정도 그 말의 의미를 알아들을 수 있었다.

"린 매보다 제가 더 필요하다는 말이군요."

"요약하자면, 그렇다."

"왜입니까?"

"도구의 우선순위가 바뀌는 이유가 단 하나 말고 뭐가 더 있다는 것이냐?"

피월려는 우선 자기를 도구로 취급한 것에 대해 뒤로 밀어 두었다.

"그 단 하나가 무엇입니까?"

"대체의 용이함이지. 대체재가 적으면 적을수록 귀한 물건이고, 대체재가 많으면 많을수록 천한 물건이다. 간단한 것 아니겠느냐?"

피월려는 미내로의 말을 듣고 잠시 유추했다.

미내로가 말한 피월려의 전후 중 무엇이 다른가? 그리고 그 다름 사이에 진설린의 가치는 어떻게 바뀌었는가? 말끔히 치료된 용안심공은 전보다 더한 지혜를 발휘했고, 따라서 피월려는 쉽게 추리할 수 있었다.

피월려의 대체재가 줄고, 진설린의 대체재가 늘었다.

"제가 더 필요해진 이유는 절 대체할 사람이 적어졌기 때문이고, 린 매가 덜 필요해진 이유는 지부에 천음지체가 더 늘었기 때문입니까?"

"과연 지혜롭군. 정확하다."

"그럼 애초에 린 매를 제자로 받으신 이유가 천음지체이기 때문입니까?"

미내로는 고개를 끄덕였다.

"그뿐만 아니라, 마법사가 될 수 있는 광기를 지녔기 때문에, 제자로 삼아 마법을 가르치는 것이다. 도구로서 더 빛을 내기 위해서. 심혈을 기울여 준비하는 것이기에 내겐 무엇보다 소중한 것이고."

피월려는 잠시 침묵하다가 읊조렸다.

"그것이 진실이군요⋯⋯."

미내로가 중얼거렸다.

"지금까지 네게 말하지 않은 이유는 린 아를 향한 네 감정 때문이었다. 린 아를 결국 도구처럼 쓰고 버릴 것이라는 것을 알게 되면 네가 나와 소을에게 적의를 품을 수도 있겠다 생각했다."

피월려는 속에서부터 올라오는 비웃음을 멈출 수 없었다. 자기 자신을 향한 것이기에 더욱 멈춰지지 않았다.

"크큭. 지금껏 나 스스로에겐 아니라 변명을 해왔지만, 주변에선 이미 모두 알고 있었던 겁니까?"

"애정이란 건 네가 결정하는 것이 아니다. 젊은 날의 애정일수록 더욱 그렇고. 용안심공으론 막는 것뿐이지, 절대 그 감정 자체를 없앨 수는 없지."

"……."

이건 자기가 천서휘에게 한 말이 아닌가?

피월려는 이해할 수 없는 기분에 점차 몸이 젖어가는 것 같았다. 그 느낌이 싫었고, 그래서 그는 몸서리치며 그 기분을 떨쳐내었다.

그를 깊은 눈빛으로 보던 미내로가 말했다.

"이젠 린 아를 향한 모든 감정을 정리하였으니, 진실을 말해 주는 것이다."

"또한 절 회유하기 위함 아닙니까?"

"그래서 널 살린 것이다. 널 살리기 위해서 내가 얼마나 고생했는 줄 아느냐? 그냥 시체였으면 모를까, 살아 있는 몸이라 까마득한 기억까지 떠올려 가며 마법 수식을 짰다. 소생에 관한 스펠을 짜본 게 도대체 얼마 만인지, 원……."

"그 부분에 관해서는 감사할 따름입니다."

"내가 원하는 건 감사함이 아니다."

피월려는 포권을 쥐었다.

"압니다. 제게 원하시는 것을 말씀하십시오. 몇 번이나 제목숨을 살려주셨으니, 어떤 부탁이든 마다하지 않겠습니다."

미내로는 어깨를 들썩였다.

"그 부분은 소을이 알아서 할 거다. 몸이 멀쩡하니, 이만 나가서 소을을 만나라."

그렇게 말하고는 눈을 돌리는데, 더는 대화하고 싶지 않다는 명백한 표현이었다.

하지만 이왕 말이 나온 김에, 피월려는 전부터 품어왔던 의문을 조심스레 꺼내놓았다.

"귀목선자와 외부총주님의 관계는 어떤 것입니까?"

버럭 소리라도 지를 줄 알았는데, 의외로 미내로는 조용했다. 조용히 곰방대를 어루만지면서 의연하게 대답했다.

"세계가 바뀌어도 끊어지지 않을 정도로 질긴 인연이다. 마교에 입교하기 전부터 알던 인연이지."

미내로의 그윽한 눈빛은 수많은 추억을 훑는 듯했다.

피월려는 자기도 모르게 그녀에게 다가갔다.

"그분은… 도대체 어떤 사람입니까? 본 교 내에서도 진면목을 본 자가 없다 합니다. 교주와 반목할 정도로 대담한 것도 그렇고, 지금껏 본 내력을 숨긴 것도 그렇고……. 저도 그 아래에서 섬기면서도 그가 어떤 인물인지 도저히 알 수 없었습니다."

미내로는 피식 웃었다.

"한 사람의 마음속 깊은 곳의 욕망을 알기 전까지는 그 사람을 안다 할 수 없지. 그 누구도 박소을을 알지 못하는 이유는 박소을이 원하는 것이 무엇인지 아무도 알지 못하기 때문이다. 네가 한번 대답해 보거라. 네가 볼 때 소을이 무엇을 원하는 것 같으냐? 소을의 최종적인 목적이 무엇인지 맞춰볼 수 있겠느냐?"

"……."

피월려는 꿀 먹은 벙어리같이 말 한 마디도 할 수 없었다.

미내로가 물었다.

"천하를 아래 두는 지존이 되려 하는 것 같으냐?"

"아닙니다."

"무공의 끝을 맛보려는 것 같더냐?"

"그도… 아닌 것 같습니다."

"절대 절색의 여인을 취하려는 것 같더냐? 그도 아님, 세상의 모든 부를 원하는 거 같더냐?"

"……."

"한 사람의 목적을 모르는 이상, 그 사람을 안다 말할 수 없느니라. 이 세상에 소을이 어떤 인간인지 아는 사람은 단언컨대 나밖에 없다. 소을이 무엇을 원하는지 나만이 확실히 알고 있기 때문이지. 그것이 무엇일지는 네가 스스로 알아보거라. 내가 언급할 것이 못 된다."

"그렇습니까……."

미내로의 눈빛이 순간 맑게 빛났다. 그녀는 연기를 아래로 뿜으며 고민하고 있는 피월려에게 질문을 던졌다.

"나도 네게 같은 걸 묻고 싶다."

"무엇을 말입니까?"

"너는 어떤 인간이냐?"

"예?"

"네가 말하길 아무도 박소을을 모른다 하였다. 그러나 정작 아무도 진면목을 모르는 건 바로 네놈 아니냐. 이 지부 내에서 그 누가 떳떳하게 너를 안다 하겠느냐?"

"……."

"네가 원하는 것은 무엇이냐?"

피월려는 잠시 침묵을 지켰다 대답했다.

"살아남으려는 것뿐입니다."

"헛소리. 인간은 모순 그 자체다. 살면서 네 스스로의 목숨을 뒷전에 둔 적이 단 한 번도 없었다는 말이냐? 인간은 이기적이지만 동시에 이타적이다. 인간으로서 자기 목숨을 항상 일순위로 삼고 있는 건, 항상 일순위로 삼고 있지 않는 것만큼이나 어렵다."

가도무와의 대화가 귓등에서 빠르게 울리는 듯했다.

나는 무엇을 원하는가?

"모르겠습니다."

"뭐라?"

"모르겠습니다, 솔직히. 스스로에 대해서 잘 안다 생각해 왔지만, 사실 전혀 그렇지 않습니다. 저도 절 잘 모르겠습니다."

"……."

피월려는 두 손을 쥐락펴락하며 힘없는 눈빛으로 내려다보았다.

"아비의 복수 이후에는 그저 살아남는 것이 목적이었습니다. 무엇을 더 가지고 싶지도, 더 얻고 싶지도 않았습니다."

주먹에 맴도는 마기는 강하게 울렁거렸지만, 왠지 모르게 그 힘 자체도 매우 허무하게 느껴졌다.

미내로가 물었다.

"그럼 이미 가지고 있는 것 중에서는 사랑하는 것이 없느냐? 지키고 싶은 건 없느냐?"

순간 메마른 땅 같던 피월려의 눈동자에 산들바람 같은 생기가 스쳐 지나갔다.

"최근에 사랑한다고 깨달은 건 있습니다."

"무엇이냐?"

"무(武)."

"무?"

"그리고 보면 저는 취미도 특기도 없었습니다. 시간이 비면 항상 무공을 수련했고, 기회만 되면 무공을 익혔습니다. 생존을 위해 좀 더 강해지기 위해 지금까지 그래왔다고 생각했습니다만……."

"만?"

"이제 와서 생각해 보면 무공 자체가 그냥 좋았던 것 같습니다. 그걸 깨달았습니다."

미내로는 곰방대를 바닥에 떨어뜨릴 정도로 크게 웃었다.

"클클클! 크클클!"

"……."

"클클클! 그 마음을 나도 잘 알지. 클클클!"

피월려 포권을 취했다.

"가보겠습니다."

미내로는 아직도 웃음기가 가시질 않는지 가슴을 쓸어내렸다.

"그래, 어서 가보거라. 나름 재밌는 대화였다."

"그럼 쉬십시오."

피월려는 곧장 미내로의 방에서 나갔다.

제칠십이장(第七十二章)

낙양(洛陽).

혈운제에 의해 건국된 이래 이백오십여 년이 지난 지금, 제 18대 황제 경운제(擎雲帝)에 의해서 새로이 선택된 황도이다. 고금을 통틀어서 중원에 일어난 화재 중 가장 큰 화재 사건인 태화난(太火亂)으로 인해 개봉이 완전히 잿더미가 되면서, 낙 양으로 천도하기에 이른 것이다.

태화난으로 인해 황도의 수많은 기존 세력들이 그 힘을 잃었고, 그와 동시에 신진 세력들이 낙양에 빠르게 터를 잡 으면서 현 중원에서는 급격한 세력 변화가 일어나고 있는 중이었다.

그중 무엇보다도 발 빠르게 움직인 곳은 다름 아닌 황궁. 변화를 주도하다 보니, 그 누구보다도 큰 이익을 챙길 수 있었다.

마치 태화난이 일어날 것을 미리 예지라도 했던 것처럼 기존의 재산을 미리 보호해 두었고, 이를 다시 푸는 과정 또한 일사천리였다.

그로 인해 황궁의 힘이 강력해진 반면 권문세가의 힘이 약해졌고, 그 영향으로 무림의 판도 서서히 바뀌기 시작하면서, 관과 무림의 관계 역시 전과는 판이하게 달라졌다.

그전까지 황궁에선 무림인들에게 자치권을 허락하고 그로 인한 세를 받을 뿐, 직접 관여하지 않았었다. 각 성의 태수들도 무림인의 일에 개입하지 않았고, 그들이 바치는 세금을 받는 것에만 신경을 썼었다.

그러나 경운제의 방침은 달랐다. 그는 무림인으로 이뤄진 군부대인 백운회의 힘으로 황제의 자리에 오른 만큼 백운회가 아니었다면 반란을 성공적으로 이끌지 못했을 것이란 것도 잘 알고 있었고, 그들에 대한 신뢰 또한 컸다.

이 때문에 그는 백운회의 활동 영역을 넓혀 그 힘을 확장시키려 했는데, 문제는 그들이 무공을 익힌 자들이며, 황궁의 막대한 배경까지 등에 업어 하나의 문파 수준이 아니라 백도와 혹도와 같은 하나의 큰 세력권 그 자체가 된다는 것이었다.

실질적으로도 새로이 건설되는 낙양 곳곳에 백운회의 지부가 생겼다.

황궁이라는 든든한 배경과 자금줄로 여러 고수들을 섭외하는 건 일도 아니었으니 백도든 혹도든 백운회로 새는 고수들을 막을 방도가 없었다.

가정을 꾸리고 편안한 생활을 할 수 있을 만큼의 넉넉한 수당과 생사를 넘나들지 않아도 되는 안정적인 삶. 모험보다는 안락한 생활을 추구하던 백도나 혹도의 무림인들이 하나둘 백운회에 입회하기 시작했다.

협을 숭배하는 백도에서도, 힘을 숭배하는 혹도에서도 모두 그들을 돈이나 좇는 겁쟁이라 비난했지만 점차 불어나는 이탈자들은 늘기만 했다.

그리고 작금에 와서는 그것이 무림인이 걸을 수 있는 또 하나의 길임을 인정하지 않을 수 없는 지경에 이르렀다.

무공을 익히고 무림인처럼 무기를 들고 다니지만, 관에 충성하고 법규를 수호하는 무림인들…….

무림인들은 그 길을 황도(黃道)라 불렀다.

백도 혹도 아닌 황(黃). 이는 언뜻 보면 황궁의 세력을 존중하여 주는 것 같지만 실상은 돈이나 자들이라는 조롱의 의미였다.

점차 백운회의 세력이 안정권에 들자 황제는 백운회를 황군 최고 기관으로 두고 그들의 관할권 또한 최상위로 둔다고 공표했다.

이는 백운회가 모든 황군의 실질적인 상관이 되는 것이며, 황궁에서도 본격적으로 무림을 압박하겠다는 것과 다름없었다.

특히나 황궁의 손길이 직접 미치는 황도에선 무림인들이 좀처럼 활동하기 어려웠다.

무력 활동만 하지 않는다면 무림인의 세력도 인정하던 전과 다르게, 낙양에서는 무림인과 연루된 모든 일에 죄인에게 하듯 철저하게 감시했다. 뿐만 아니라, 그 누구도 무기를 소지할 수 없다는 법규를 만들어 무림인의 힘을 크게 약화시켰다.

*   *   *

류서하와 일을 진행시킨 지 오 일째 되는 정오, 피월려는 간만에 지부를 나섰다.

그러자, 기다렸다는 듯이 백운회의 고수들이 피월려에게 다가왔다.

"뭐, 절차는 다 아시리라 믿습니다."

방긋 웃는 단시월의 이마에는 백운회를 뜻하는 금두건(金頭巾)이 빛나고 있었다.

제일대는 낙양지부에서도 가장 중요하면서도 기밀을 요하는 임무를 맡는 부대다. 4개월 전, 가사 상태에서 깨어난 피월려는 단시월과의 생사혈전에서 가볍게 승리한 뒤, 그에게 백운회에 잠입하여 그들의 동태를 직접 파악하라는 명을 내렸었다.

그러자 단시월은 그다음 날로 낙양지부의 정보를 팔아먹으며 백운회로 아예 입회해 버렸다.

그러곤 그다음부턴 완전히 백운회의 고수인 것처럼 행동했다.

직접 명을 내린 피월려조차 그가 진짜로 백운회에 입회해 버린 것이 아닌가 하는 착각이 들 정도였다.

지금까지 어떠한 보고도 없었으니 착각이 아닐 수도 있다.

피월려는 양팔을 옆으로 들었다.

"마음대로."

단시월은 가까이 와 피월려의 몸을 더듬기 시작했다. 이는 황도에서 그 어떤 무기도 들고 다닐 수 없다는 법을 지키기 위함이었다.

원래는 황도로 입성하는 사람들 중 수상한 사람들만 직접 검문을 받는데, 천마신교 낙양지부에서 생활하는 마인들은 밖으로 나올 때마다 검문을 받아야 했다. 백운회의 고수들이 건물 앞에 아예 진을 치고 앉아, 밖으로 나오는 그 누구라도 상관없이 검문을 했다.

우습게도 천마신교 낙양지부의 책임 검문자는 대외적으로 천마신교 낙양지부를 배신하고 돌아섰다고 알려진 단시월이었다.

그것도 그가 백운회에 입회하자마자 기다렸다는 듯이 그를 책임자로 임명했다.

백운회의 수장이라 할 수 있는 유한의 생각이 무엇인가? 혹 단시월이 짜고 거짓으로 검문을 하면 어쩌겠는가?

왜 가장 의심해야 하는 사람에게 가장 막중한 일을 맡겼는가?

그 속을 알 수 없었던 피월려는 단시월에게 어떠한 부가 명령도 내리지 않았다.

그리고 단시월도 갑자기 충신이라도 된 듯 행동했다. 단시월은 백운회 고수 중 그 누구보다도 철저하게 천마신교 낙양지부의 마인들을 검문했다.

심지어 박소을 외부총주의 앞길조차도 막아서고 태연하게 직접 몸을 더듬으며 검문했으니, 유한이 사람 하나는 참으로 잘 쓴 듯싶었다.

단시월은 혓바닥을 길게 내밀며 씨익 웃더니, 오른손을 들어 옆에 있던 그의 부하의 뒤통수를 시원하게 후려갈겼다.

퍽!

"야, 뭐 하냐? 내가 검문을 했는데, 부하란 놈이 가만히 있어?"

"예?"

단시월은 뒤통수를 한 번 더 후려갈겼다.

퍽!

"검문하라고, 검문."

뒤통수를 부여잡은 그 백운회 고수는 서둘러 움직여 피월려의 몸을 더듬기 시작했다. 이미 단시월이 검문을 끝마친 터라 뭐가 나올 리 없었지만, 단시월 아래에서 지옥 같은 시간을 보낸 그 고수는 단시월에게 반항할 경우 뒤통수보다 훨씬 소중한 곳을 가격당할 것을 잘 알기에 그가 시키는 대로 했다.

부하가 피월려의 몸을 수색하는 동안 단시월이 물었다.

"절차상 묻는 겁니다만, 어디 가십니까?"

"황룡무가."

"예?"

"황룡무가."

단시월은 옆을 보며 다른 부하와 눈을 마주치고는 손가락으로 피월려를 슬쩍 가리키며 그 부하에게 말했다.

"지금 내가 황룡무가라고 들은 것 같은데, 환청을 들은 거냐?"

그 부하는 즉시 대답했다.

"아닙니다."

"그럼?"

"분명히 황룡무가라 하셨습니……."

픽!

뒤통수를 냅다 후려갈긴 단시월이 그 부하에게 소리쳤다.

"야, 이 개자식아. 그러면 지금 천마신교 낙양지부의 자랑인 심검마가 백도 녀석들이 득실대다 못해 아주 자리를 잡아 버린 북쪽 낙양에, 그것도 백도의 심장 같은 무림맹이 떡하니 버티고 있는 그 자리 바로 옆에 있는 황룡무가에 가신다고 했다는 거냐? 이런 버러지를 봤나."

가만있다가는 하극상이라도 일어날 것 같아 보다 못한 피월려가 한마디 툭 내던졌다.

"황룡무가에 가는 것이 맞소."

단시월의 고개가 홱 돌아 피월려의 얼굴 바로 앞에서 멈췄다.

"진짭니까?"

"그렇소만."

단시월은 양 볼을 부풀렸다. 그러곤 피월려의 얼굴에 즉시 침을 뱉을 것처럼 했다가 바로 혀를 돌려 절묘한 각도로 침이 피월려의 얼굴을 벗어나 땅에 떨어지게 하는 신기를 보여주었다.

"카악— 퉤! 크흐음……. 이럴 줄 알았으면 그냥 제일대에 있는 건데 말입니다."

"무슨 뜻이오, 갑자기?"

"이렇게 일대주가 쉽게 뒤져 버릴 줄 알았으면 제일대에 있다가 꽁으로 대주 자리를 먹는 거 아닙니까? 그러니 제일대에 있는 게 좋았을 거란 그 말입니다."

피월려는 냉소를 머금고 말했다.

"난 생사혈전에서 단 단주를 죽일 수도 있었으나 아깝다 생각해서 살려준 것이오. 그러니 단 단주는 나에게 고마워해야 하지 않소?"

"단 단주가 아니라 단 태위(太尉)입니다. 단 단주가 확실히 그럽긴 합니다만, 돈도 더 주고 일도 편하니 단 태위도 나쁘게 들리진 않더군요."

"그럼 단 태위, 내 몸을 다 수색하셨으면 이만 길을 비켜주시오."

단시월은 몇 가닥 나지도 않은 수염을 쓸었다.

"우리 백운회의 세력이 좀 커지긴 했습니다만, 이 넓은 황도를 어떻게 다 지킵니까? 그저 불쌍한 범인들을 지키는 데 급급할 뿐입니다. 황도 내에서 무림인들이 서로 죽고 죽이는 경우에는 기본적으로 사태가 다 끝난 뒤에 개입하여 깡그리 잡아들이는 것이 기본 원칙이니, 중간에 죽어도 원망하기 없깁니다?"

피월려는 고개를 끄덕였다.

"딱히 개입할 일이 벌어지지 않을 것이니 염려하지 마시오, 단 태위."

단시월은 허리를 숙이며 과장하면서 양손으로 대로를 가리켰다.

"그럼 어서 가시지요. 북쪽에서 무슨 일이 있을지 모르니 제가 직접 동행하도록 하겠습니다."

"그런 일을 하시기에는 태위라는 직책이 아깝소."

"에이……. 심검마 본인이 직접 사지에 뛰어드는데 태위 정돈 따라가 드려야 하지 않습니까? 얘들아!"

그의 부름에 부하들이 부복 자세를 취했다.

"예!"

"난 잠깐 산책 갔다 올 테니 잘 지키고 있어라."

"예!"

"꼬박꼬박 다 확인하고 말이지. 어린애부터 늙은이까지 죄다!"

"예!"

단시월이 방긋 웃었다.

"자, 어서 가시지요."

그의 표정에서 어떠한 일이 있더라도 절대로 떨어지지 않을 것을 예감한 피월려가 포기한 듯 중얼거렸다.

"뭐, 좋소."

피월려는 먼저 앞장서 가장 가까운 마방에 들렀다. 말똥 냄새가 진하게 풍기는 그곳에서, 말의 갈기를 조심스레 쓸고 있던 마부는 피월려를 한번 흘끗 보고는 물었다.

"말을 빌리러 왔소?"

"그렇소."

"무림인인 것 같은데……."

"그렇소만."

"무림인과는 상종하지 않소."

그는 바로 고개를 돌려 다시 말의 갈기를 정리하기 시작했다.

전이라면 절대로 일어날 수 없는 일이었다. 범인이 감히 무림인에게 이렇게 무례하게 굴었다간 팔 한 짝이 잘리는 건 일도 아니었기 때문이다.

그러나 지금 낙양은 달랐다.

단시월의 말과는 다르게, 백운회 고수들의 숫자가 많아지면서 황도 구석구석까지 순찰을 돌 수 있을 만큼이 되었다. 따라서 그 어떤 무림인도 함부로 범인을 해코지하지 못하게 되었다.

그러자 범인들은 서서히 무림인들을 두려워하지 않기 시작했고, 작금에 와서는 그것을 넘어서 오히려 대놓고 경멸을 보이는 경우도 많아졌다.

두려움이 없어지자 지금껏 박해받아 안에 쌓아두었던 한이 표출되기 시작한 것이다.

사실 이는 백운회의 움직임이 만들어낸 결과였다. 무림인과 무림인이 싸우는 것은 방조하고 후에 죄를 묻되, 조금이라도 범인이 연루된다면 즉시 개입하여 범인의 목숨을 최우선으로 둔다.

그렇게 철저한 보호를 받다 보니 서서히 두려움이 없어지는 것이 당연지사.

적어도 황도에서는 범인이 무림인을 두려워하는 경우를 찾아보기 극히 드물어졌다.

권문세가와 무림을 압박하여 개혁을 이끌어내겠다는 경운제.

그의 개혁은 폐전통자라 하는 제도를 공표함으로 시작하는 듯 보였으나, 실상은 이렇게 모든 사람들의 마음을 먼저 움직이는 것에서부터 이미 출발한 것이다.

사람의 마음을 먼저 움직여 놓으니 물 흐르듯 사태가 급변하여도 변화된 제도로 인한 마찰이 거의 사라지게 된다.

이에 따라 계획한 일들이 성공적으로 될 수밖에 없다.

과연 이 모든 걸 생각한 자가 도대체 누구인가?

알아내자마자 암살을 감행해야겠다는 생각이 들 정도로 피월려는 위기를 느꼈다.

"어이, 그렇게 무례하면 쓰나? 쯧. 그래도 마방을 이용하는 고객인데 말이야."

뒤따라오던 단시월이 혀를 차며 들어섰다. 그러자 마부는 그를 보고서는 고개를 깊이 숙이면서 인사했다.

"태위나 되시는 분께서 이런 누추한 곳까지 오셨습니까?"

"오호, 바로 알아보네?"

"이리저리 모시는 입장이라 금두건을 구별하는 작은 재주를 익혔을 뿐입니다."

마부의 자세는 피월려에게 대하던 것과는 사뭇 달랐다. 마부는 마치 집안의 큰 어르신을 모시는 듯, 단시월에게 예를 갖추었다.

"하하? 일 잘하는 양반이야. 일단 이 사람은 나와 함께하는 사람이니까, 마차 좀 빌려줘. 제일 좋은 걸로다가."

"여부가 있겠습니까? 밖에 계시면 즉시 대령하겠습니다."

"그래, 그래."

마부는 바로 안으로 들어가 마차 하나를 끌고 나왔다.

그 모습을 보며 단시월이 말했다.

"대주님도 이참에 이쪽으로 넘어오시지요. 대우가 아주 죽여줍니다."

피월려는 기가 차 말했다.

"나는 단 태위가 정말로 배신한 건지, 아니면 그저 명을 수행하는 건지 정말로 분간이 안 갈 때가 많소."

단시월이 어금니까지 모조리 드러내며 입을 벌려 혀를 내밀었다.

"대주도 의심이 갈 정도니 이 얼마나 철저한 암행입니까?"

"……."

마부가 와서 마차의 입구를 열자, 단시월이 피월려에게 방긋 웃으며 말했다.

"자, 어서 타시지요, 심검마."

"단 태위도 타시오."

"아뇨. 전 따로 말을 옆에서 타고 가며 감시하겠습니다."

"정 그렇다면."

피월려는 마차 안에 들어가 문을 닫았다.

문을 닫으며 마지막으로 본 건, 마기가 가득한 단시월의 두 눈빛이었다.

피월려는 덜컹거리는 마차 안에서 4개월 전의 기억을 떠올리며 사색에 잠기기 시작했다.

　　　　＊　　　　　　　＊　　　　　　　＊

　소생한 뒤 대략 이틀 동안, 피월려는 꾸준한 명상과 토납법
으로 몸을 치료했다. 다만 진설린이 그를 만나주지 않았고, 제
갈미도 임무 수행으로 밖에 나가 있어 음양합일을 할 수 없었
다.

　때문에 미내로에게 받은 소소에서 음기를 취하려 했지만,
처음에는 그것이 말처럼 쉽지 않았다.

　이때, 그는 음악에 조예가 있는 류서하에게 부탁하여 소소
를 연주하는 법을 배웠다. 연주 중에 악기와 교감을 나누자,
자동적으로 음기가 몸에 스며드는 효과가 생겼다. 이는 음양
합일을 통한 것도 아니고 운기조식을 통한 것도 아니기 때문
에 극양혈마공의 내력을 조금도 자극하지 않고 음기를 흡수
하는 좋은 방법이었다.

　가도무에게 얻은 태극음양마공의 힘으로 더 이상 극음귀마
공도 필요하지 않으니, 이보다 더 좋은 음기의 공급 방법이 없
었다.

　내력의 총량은 변하지 않고 양기만 잠재우는 최상의 방법.
피월려는 왜 빙정으로 무기가 아닌 악기를 만들었는지, 그 이
유를 알게 되었다. 그리고 그런 기막힌 안배를 한 박소을의

의도가 더욱 궁금해졌다.

외형적인 변화가 있다면 백발이었던 그의 머리카락이 다시 검은 머리로 자라났다는 점이다. 전에는 검은색으로 염색을 하였던 것이지만, 지금의 머리카락은 다시 본래의 색을 찾아 그럴 필요가 없었다.

그는 회복하는 동안 틈틈이 낙양의 정세도 살폈다. 그가 기절했던 2개월 동안, 낙양은 놀라운 속도로 변모해 있었다.

천도 사업의 영향으로 하루가 다르게 새 건물이 올라가고, 눈에 보이는 변화보다 보이지 않는 변화가 더욱 난잡했다.

주변 상황을 어느 정도 파악했다고 생각한 피월려는 박소을을 만나 생각을 완전히 정리해야 함을 느꼈다. 그는 만남을 청하고 곧 박소을의 처소로 향했다.

그의 방은 천마신교 낙양지부의 가장 상층인 오 층에 있는 방이었다.

오 층의 대부분의 방은 일대주인 그조차도 들어갈 수 없는 극비 구역이 많았기 때문에, 피월려는 이대원의 안내를 받았다.

박소을의 방으로 들어가기 직전, 그를 안내하던 이대원이 말했다.

"전속대원인 주하는 임무 수행 중에 있습니다. 이틀 전 연락을 했으니, 아마 곧 지부에 도착하여 피 대주를 모실 것입니다."

피월려의 전속대원이 원설에서 주하로 다시 교체되었다. 이는 이대주인 초류선과 초류아의 결정이었는데, 저번 결정에서 그들의 권한을 침해한 부분이 없지 않아 있었기 때문에 이번에는 박소을도 억지로 다시 번복하려 하지 않았다.

피월려가 짧게 대답했다.

"알려줘 고맙소."

"그럼 돌아가 보겠습니다."

피월려는 이대원를 뒤로하고 방문을 열었다. 그러자 마치 예전 지하에 있었던 천마신교 낙양지부에 들어선 것 같은 착각이 들었다.

벽을 대신하는 건 칠흑 같은 어둠.

그 안을 고요히 홀로 밝히고 있는 건 몇 개의 촛불뿐.

그 뒤에서 박소을은 정좌한 채 두꺼운 서적을 읽고 있었다.

전에 쓰던 그의 방과 전혀 다른 것이 없었다.

미내로의 방도 그렇고, 박소을의 방도 그렇고……. 어디에 위치했든 자기만의 공간이 뚜렷했다.

촛불의 그림자가 일렁이는 와중에 박소을의 안광이 뿜어졌다.

"어서 오시오, 일대주. 소생함을 축하하오."

피월려는 포권을 취했다.

"외부총주님의 자비가 아니었다면 애초에 죽었을 몸입니다."

"전에 말했다시피 나는 내 도구를 아끼오."

"……."

"앉으시오. 지난 2개월을 포함하여 할 이야기가 많소. 6개월 전 사천으로 떠난 뒤 제대로 된 독대는 이번이 처음이니, 미래를 논하기에 앞서 서로 맞춰봐야 하는 것이 산더미처럼 많겠소."

피월려는 그의 앞에 자리했고, 그가 앉은 것을 본 박소을이 다시 말을 이었다.

"내 말하기에 앞서 우선 질문에 답해주겠소. 마음이 심란할 터이니, 마음껏 물어보시오."

즉시 본론을 꺼내는 박소을의 성격은 여전했다. 피월려는 가장 먼저 미내로에게 받은 소소를 보여주며 물었다.

"귀목선자께서 이것을 만들어주신 이유가 박소을 총주께 있다 들었습니다만, 세심하게 악기로 만드신 것을 보면 오래전부터 생각해 오셨음을 알 수 있습니다. 이런 것을 제게 해주신 이유가 무엇입니까?"

"흑무수가 말하길 피 대주는 호의를 받아도 의심하는 사람이라더니, 그 말이 정확하군. 설마 나한테도 이렇게 대놓고 물을 줄은 몰랐소."

"강호의 호의에는 항상 다른 목적이 있기 때문입니다."

"좋은 생각이오. 부정하지 않겠소."

"제게 소소를 주신 이유가 무엇입니까?"

"간단하오. 피 대주가 필요해서 그렇소."

"어떤 식으로 말입니까?"

"어떤 식이라니?"

피월려는 맑은 눈빛으로 소소를 내려다보았다.

"이런 신물까지 제조하여 주면서까지 내가 필요한 이유가 무엇인가……. 제가 가진 것 중 박소을 총주께 필요한 것이 무엇인지 생각해 보았습니다. 그러다 보니, 제 배경도 제 무력도 제 세력도 사실 박 총주껜 필요한 것이 아니라는 결론을 얻었습니다. 그것들을 대신할 사람들은 본 교에 널려 있습니다. 따라서 혹 혈교에 관한 것이 아닌가 하는 생각을 했습니다만, 그것도 맞지 않습니다."

"왜 그렇소?"

"제 스스로 혈교인이란 자각이 미미하고 또한 총주님도 절 혈교인으로 완전히 생각하시지 않는다는 점 때문입니다."

"내가 말이오? 내가 지금껏 많은 비밀을 피 대주와 상의하고 의논한 이유는……."

"혈교주가 누굽니까?"

"……."

피월려와의 대화에서 단 한 번도 말문이 막힌 적이 없던 박소을이 꿀 먹은 벙어리처럼 입을 다물었다. 그 모습을 본 피월려가 날카롭게 질문했다.

"혈교주가 누군지 제게 알려주지 않으셨습니다. 제가 억지로 묻지도 않았습니다만, 그것을 그대로 방치한 건 엄연히 박 총주님의 결정입니다. 이 뜻은 박 총주님도 절 진정한 혈교인으로 생각하지 않았다는 점입니다."

"……."

"그 부분에 대해서는 더 캐묻지 않겠습니다. 궁금하지도 않습니다. 다만 박 총주께서 절 필요로 하는 이유가 혈교의 일을 위함이 아니라는 것은 분명합니다. 분명 다른 일 아닙니까? 개인적인 일인 듯합니다만."

고요함이 방 안에 찾아들었다. 박소을은 낮은 어조로 물었다.

"그럼 무엇 때문에 내가 피 대주를 살려주었고 극양혈마공의 저주도 해결할 방안까지 마련해 주었다고 생각하시오?"

피월려는 자신의 생각을 천천히 말했다.

"서화능께서 돌아가실 때 제게 유언을 남기셨습니다. 직접 전해주셨으니 아시리라 믿습니다. 혹 그 유언이 무엇인지 아십니까?"

"읽지 않았다 말했던 것 같소만."

"그 유언은 간단한 문장이었습니다. 박소을을 조심하라."

"……."

"천 공자가 받은 것도 같은 것이라 사료됩니다. 때문에 천 공자도 숙부라 믿었던 박소을 총주에게 대든 것이라 생각합니다. 제가 왜 이것을 대놓고 말하는지 혹 아십니까?"

"내가 흑무수를 죽였다 말하고 싶소?"

"흑무수께선 자결한 것이 아니라 박 총주께서 죽이신 것입니까?"

"단언컨대 아니오."

"그 말은 믿겠습니다. 하지만 아주 연관이 없지도 않습니다."

"……."

"무슨 연관입니까? 그리고 박소을 총주께서 절 필요로 하는 이유도 그것과 관계된 것이라 믿기에 질문을 드리는 겁니다."

박소을의 몸에서 미약하게 살기가 드러났다.

"천마에 올랐다 하더라도 그대를 죽이는 건 내게 있어 파리만큼 쉬운 일이오, 피 대주. 간이 배 밖으로 나온 이유가 죽음을 맛봤기 때문이든, 아님 천마를 맛봤기 때문이든 스스로의 위치를 잊지 마시오."

피월려는 빙그레 웃었다.

"제가 필요해서 이런 안배들을 하신 건 아닙니까? 박 총주께서 절 소생시킨 직후야말로 총주께서 절 죽이지 못한다는 걸 확신할 수 있는 순간이니, 지금 목숨을 걸고 물을 수 있는 건 모두 물어야지요."

박소을은 광소했다.

"크하하! 크하하하! 크하하하!"

박소을은 피월려가 신물주임을 밝혔던 순간만큼이나 크게 웃었다.

한참을 끊이질 않던 그 웃음이 점차 사그라들었고, 박소을은 한참 방 안을 훑어보았다. 어디서부터 이야기를 해야 할지 감을 잡고 있는 듯했다.

이내 박소을의 입이 열렸다.

"이 중원에 존재하는 신 중 가장 강한 신이 무엇인 줄 아시오?"

뜬금없이 신을 묻는 이유가 무엇인지 피월려는 몰랐지만 일단 떠오르는 답변을 먼저 했다.

"옥황상제 아닙니까? 그도 아니면 부처입니까?"

"인신(人神)을 제외하고 말이오. 어차피 인신은 내가 하려는 일에 전혀 연관이 없소."

"인신이 아니라면……. 수신(獸神) 중에는 오방신(五方神)이겠지요."

"황룡은 황제를 뜻하므로 인신에 속하오. 이를 억지로 수신 화시켜 황룡이라 했으니, 원래로는 사방신(四方神)이지. 본래는 기린(麒麟)이라 말하는 사람도 있고 하니 뭐 영향이 아주 없는 건 아니오만."

"갑자기 왜 신에 대해서 말씀하시는지 모르겠습니다."

"내가 피 대주를 필요로 하는 이유가 거기에 있기 때문이오."

"무슨……. 도대체 무슨 목적을 가지고 계십니까?"

"내 목적은 알려줄 수 없소."

"그러면 어찌 돕습니까?"

"내가 시키는 일을 하면 되지 않소. 내 목적을 알려주면 나를 아는 것과 진배없으니, 이는 불가한 사항이오."

박소을의 말은 미내로가 한 말과 비슷한 뜻을 가지고 있었다.

피월려가 물었다.

"최종 목적까진 아니더라도 그 목적을 완수하기 위한 과정은 설명해 주셔야 합니다."

박소을은 잠시 고민하더니 대답했다.

"일단 사방신을 죽여야 하오."

"예?"

"사방신. 즉 좌청룡(左青龍), 우백호(右白虎), 전주작(前朱雀), 후

현무(後玄武). 이들을 죽여야 하오."

"그게 무슨……. 신을 죽인다니. 아니, 애초에 무슨 말씀을 하고 있는 겁니까?"

"간단한 말이오. 사방신을 죽인다는 말이 그리 이해하기 어렵소?"

박소을의 표정과 말투에는 진지함이 가득하여 도저히 농으로 받아들이기 어려웠다.

피월려는 얼이 빠진 듯 입을 벌렸다.

"이해가 가질 않습니다."

박소을이 작은 미소를 얼굴에 그리며 말했다.

"백호를 직접 죽인 피 대주가 모르면 누가 안다는 것이오?"

"……."

"피 대주가 살신(殺神)이 가능한 이유는 모르겠소. 하지만 피 대주는 이미 검증된 엄연한 살신자(殺神者). 그러니 피 대주가 필요하오."

"……."

피월려는 도저히 무슨 말을 해야 할지 몰라 눈을 껌뻑일 뿐이었다. 입을 몇 번이나 붙였다 뗐지만 말이 흘러나오지 않았다.

박소을이 말을 이었다.

"피 대주의 스승인 조진소와 서화능. 이 두 사람은 청룡궁의 사람이오. 청룡을 모시고 청룡의 힘을 사용하는 자들이지. 그들이 피 대주에게 관심을 가진 이유가 무엇이라 생각하오? 애초에 조진소가 피 대주에게 청룡의 눈을 주고 서화능이 피 대주를 본 교에 받아들여 보호한 이유가 무엇이라 생각하오? 그저 그게 죄다 우연이라 믿는 것이오? 강호에 우연은 없다는 말을 상기하시오."

"……"

"뿐만 아니라 주작의 사자도 달라붙지 않았소? 그건 나도 어찌할 방도가 없었지만……. 하여간 남은 삼방신은 피 대주를 주시하고 있소. 인간의 몸으로 살신이 가능한 피 대주에게 두려움을 느끼는지, 아니면 흥미를 느끼는지 그건 모르겠소만, 주시하고 있다는 점은 확실하지. 하나 그러다 언제 마음이 바뀌어 피 대주를 죽이려 들지 모르오. 그래서 내 입장에선 피 대주가 살아 있어야 하오."

"……"

"전혀 이해하지 못했군."

"예."

"이해했든, 못했든 내 말에는 거짓이 없소. 어차피 피 대주는 더 이상 거짓이 통할 상대도 아니고. 하여간 진실을 말했으니, 궁금증은 다 풀렸소?"

"전혀 풀리지 않았습니다."

"더는 물어도 내가 해줄 말이 없소. 이 방면으로 신의 경지에 오른 미내로도 이해하지 못하는 것이 많소."

"혈교주를 위해서 하시는 일입니까?"

"그것도 말해줄 수 없소. 그건 내 생명조차 위험한 부분이오."

피월려는 관자놀이를 짚었다. 이해할 수 없는 건 그냥 흘려듣고 일단 최대한 이해할 수 있는 것만 추려서 생각하기로 한 것이다.

그랬더니 곧 한 가지 의문이 나왔다.

"그럼 흑무수께 치명적인 상처를 입힌 자는 누굽니까? 청룡궁의 사람입니까?"

"그렇소. 잘 아는군."

피월려는 박소을이 모른다 생각했지만, 박소을도 이미 전말을 아는 듯했다. 피월려는 순간 머릿속에 떠오른 이름을 중얼거렸다.

"용조……."

"용조? 이름도 아시오?"

"살막의 살수였던 자입니다. 지금 생각해 보니, 위장이 아닌가 합니다만."

"흐음……."

"청룡궁에선 제 스승님을 배신자로 알고 있었습니다. 그러니……."

박소을이 피월려의 말을 잘랐다.

"흑무수도 배신자이기에 청룡궁에서 파견된 용조에 의해 죽었다 이 말이오?"

"정황상 그렇습니다. 흑무수 본인의 말씀 또한 그것을 뒷받침합니다."

"흐음… 그렇군."

고민하는 박소을을 보던 피월려는 헛기침을 하며 말했다.

"크흠, 갑자기 주작을 죽이라거나, 청룡을 죽이라거나 하는 명령은 내리지 마십시오."

박소을은 묘한 표정을 지으며 물었다.

"혹 내가 광인으로 보이오?"

피월려는 '예'라는 말을 가까스로 막았다.

"그건 아닙니다."

"어찌 보든 피 대주의 자유요. 그리고 그런 명령은 내리지 않을 터이니 걱정 마시오."

"……."

"다른 건 없소?"

피월려는 사방신이니 하는 건 어차피 물어도 원하는 답을 얻을 수 없다고 생각했다. 박소을도 대놓고 더는 해줄 말이 없다는데 뭐라 하겠는가?

피월려는 소소를 들면서 말했다.

"이 빙정을 둘러싼 일은 제가 입교하기 전에 낙양지부에서 일어난 사건입니다. 그래서 자세한 전말은 알지 못합니다만, 도중에 천살지장에게 빼앗긴 것만 알고 있습니다. 이 또한 혈교의 일입니까?"

"그렇다 할 수 있소."

이는 긍정이지만 상당히 미묘한 의미가 내포되어 있었다. 피월려는 다시 물었다.

"무슨 의미입니까?"

박소을은 턱을 쓸더니 말했다.

"모든 것을 내가 유도한 건 사실이오. 빙정을 처리하기 위해서 가도무에게 빙정에 관한 정보를 은근슬쩍 넘겨 그가 탈취하게끔 만들었고, 실제 탈취하는 과정에서도 도움을 주었소."

"죽은 일대원 말씀이군요. 연락책이라던……. 이름이 호사일이 아니었습니까?"

"맞소. 혈교의 일을 위해서 잘 써먹던 자인데, 그 일로 인해서 죽게 되었지. 그래서 내 일대주를 대체 도구로 임명해 준 것 아니겠소?"

참 감사할 따름이다.

피월려가 속내를 숨기고 물었다.

"그런데 그 묘한 긍정의 의미는 무엇입니까?"

"그건 내 개인적인 생각에서 시작한 일이기 때문이오. 혈교의 일이라기보다는. 하나 혈교에도 충분히 도움이 되는 것이라 그리 말한 것이오."

"그 말은 개인적으로 빙정이 필요하셨다는 말로 들립니다만. 제게 이리 쉬이 주신 이유는 무엇입니까?"

"빙정이 필요하진 않았소."

"그렇다면……."

"교주가 빙정을 갖지 못하게 하는 것이 중요했을 뿐이오."

"성음청 교주님이 말입니까?"

박소을의 눈빛이 한층 깊게 빛났다.

"성음청 교주의 무공은 날이 갈수록 강력해지고 있소. 그러나 신물 때문에 마단을 생산하는 과정에서 상당수의 마기를 빼앗기고 마오. 이를 위해서 내력을 충당하고자 빙정을 이용하려는 것이 교주의 생각이었소. 극음의 마공을 익힌 교주라면 빙정을 이용하여 마기를 생성하는 것도 가능한 일일 것이오. 때문에 교주의 손에 빙정이 들어가지 않는 것이 나의 목적이었소. 위험 감수를 하며 굳이 내 손에 쥘 필요는 없소."

"……."

피월려는 마지막 말이 정확한 이유라는 것을 깨달았다.

지금까지 박소을은 절대 직접적으로 교주와 반목하지 않았다.

그 누구도 모르게, 은밀히 견제했을 뿐이었다. 만약 전에 박소을이 빙정을 가지고 있다가 발각당했더라면 교주는 그를 완전히 적으로 간주하고 죽이려 들 수 있었다. 때문에 어차피 신물주로서 완전한 적대 관계에 있는 피월려의 손에 있는 것이 더 상책이다.

여차하면 신물주임을 공표하고 신물전의 보호를 받으면 그만이다.

"대답이 되었소?"

피월려는 조심스레 물었다.

"애초에 처음 제게 극양혈마공을 익히게 하신 것도 이를 위한 준비였습니까? 이제 보니 천음지체인 린 매를 위해 극양혈마공을 익히라고 했던 것도 다 핑계 같습니다."

박소을은 순순히 긍정했다.

"혹시 모를 가도무의 대체가 필요했소. 아시다시피 가도무는 내 손으로 완전히 움직일 수 있는 자가 아니기 때문에 좀 더 손쉬운 상대가 필요했지. 교주를 반목할 정도로 빙정이 필요한 마인 말이오. 즉 가도무와 비슷한 환경이지만, 내가 통제할 수 있는 마인이 필요했고, 때문에 극양혈마공을 익히게 한 것이오."

너무나 솔직한 대답에 피월려는 할 말을 잃었다. 그는 잠시 후, 중얼거리듯 말했다.

"정말로 제게 극양혈마공을 익히게 한 이유가 린 매에게 양기를 공급하기 위한 것이 아니라는 말입니까?"

"일대주는 본인이 음양합일로 인한 음기의 공급이 있어야만 한다는 사실 때문에, 진설린도 음양합일로 인한 양기의 공급이 필수적이라고 어림짐작한 것 같소만, 이는 사실이 아니오. 진설린에겐 양기를 공급받는 데 있어 방법은 그리 중요하지 않소."

"……"

"내가 극음귀마공에 대해 한 말을 기억하시오? 근본적으로 말하면 진설린은 극음귀마공을 익히지 않았소. 그저 양기를 얻어가는 도구로 쓸 뿐이지. 진설린이 극음귀마공을 제대로 익혔다고 착각한 건 일대주 본인이오. 그 때문에 음양합일로만 양기를 공급받을 수 있다고 착각한 것도 일대주 본인이고. 진설린은 일대주와 다르게 음양합일에 제약을 받지 않았소. 그렇지 않소? 어째서 극음귀마공 같은 시험적인 마공을 굳이 천음절맥의 생강시인 진설린에게 익히게 했겠소?"

피월려는 스스로가 얼마나 순진했는지 깨닫고는 화가 나기보단 부끄러움을 먼저 느꼈다.

자기를 중심으로 두고 생각을 하니 장님처럼 한 치 앞도 보지 못한 것이다.

왜 나는 극양혈마공을 익혀야만 했는가?

정말로 진설린에게 양기를 공급하는 이유뿐일까?

진설린은 나와의 음양합일 말고도 다른 방법으로 양기를 얻을 수 있는가?

왜 진설린은 음양합일의 제약을 받지 않는가?

이런 질문들을 조금만 깊게 생각했다면, 극양혈마공을 익히게 된 계기에 어떤 다른 이유가 숨어 있다는 것을 충분히 알아차렸을 것이다.

피월려는 이제야 자기 자신을 중심에 두고 생각하던 선입견을 버리고 다른 시각으로 상황을 이해하기 시작했다.

그러자 개안이라도 한 듯, 머리가 맑아져 당연한 질문이 떠올랐다.

이 모든 사건의 중심이 내가 아니라면 누가 중심인가?

답은 간단하다.

진설린.

피월려가 물었다.

"그럼… 린 매를 애초에 생강시로 만든 이유가 무엇입니까? 아니, 천마신교에서 진설린이란 존재가 필요한 이유가 무엇입니까? 이로 인해 모든 것이 시작되었다 해도 과언이 아닙니다."

박소을은 방긋 웃었다.

"맞춰보시오. 왠지 이젠 일대주도 맞출 수 있을 것 같소."

"그냥 말해주십시오. 이미 지쳤습니다."

박소을의 미소가 깊어졌다.

"그녀는 대항마이오. 교주를 향한."

"……."

"미내로가 왜 그녀를 품었다 생각하시오?"

피월려는 감탄과 허탈함을 동시에 느끼며 중얼거렸다.

"거기까지 생각하신 겁니까……."

"거기부터 생각한 것이오, 피 대주. 사건의 전후를 잘 생각해 보시오. 그 당시 피 대주는 가도무의 대체 혹은 진설린의 공급원 정도였소. 그 이후에도 생각보다 요긴한 도구 정도였지. 하지만 이계에서 미내로가 목격한 그대의 모습과 이번 사천 원정에 관한 원설의 보고로 인해, 그대가 12살에 백호를 죽인 자라는 것을 확실히 알게 되고 나서부터 내겐 필수적인 사람이 되었소. 이젠 단순한 도구가 아니오. 그래서 이 모든 것을 공유하는 것이고."

피월려는 묻지 않을 수 없었다.

"정말로 교주가 되는 데 관심이 없으십니까?"

"전에도 말했지만 교주가 되는 데 관심 없소."

"그럼 어찌 교주를 그리 견제하십니까? 혈교의 일원이라 그렇습니까?"

"피 대주께서 보시기에는 어떻소? 내가 혈교에 충성하기에 교주와 반목한다 보시오?"

피월려는 고개를 단호하게 저었다.

"박 총주께서는 그런 분이 아닙니다. 어딘가에 충성하는 성정을 가진 사람으로 보이지 않습니다. 단지 혈교의 목적과 본인의 목적이 상당 부분 일치하기에 혈교인으로 있는 것뿐 아닙니까?"

"잘 아는군. 역시 안목이 대단하시오."

"제가 그런 사람이기에 그런 성정이 제 눈엔 잘 보이는 것뿐입니다. 그래서 묻는 겁니다. 누군가에게 충성하는 성정이 아니란 말은, 누군가와 완전히 반목하지도 않는다는 말과 동일합니다. 교주에게도 혈교주에게도 충성하지 않는 박 총주께서 교주를 견제하신다면 이는 혈교와는 다른 이유에서 그런 것입니다. 무엇입니까, 그것이?"

박소을은 희미한 미소를 지었다.

"단단히 준비하고 오셨군. 내게 이렇게까지 묻는 사람은 없었소."

피월려는 굳은 표정으로 대답했다.

"교주가 될 생각이 없다는 확신을 얻고 싶어 그렇습니다. 제 신물을 탐하지 않는다는 확신을 주신다면 저도 조용히 섬길 것입니다."

이미 여러 차례, 박소을이 피월려의 목숨을 죽이려 하기는 커녕 오히려 살려줬음을 피월려는 잘 안다.

이제는 그 이유를 정확히 알 때가 되었다고 피월려는 생각했다.

박소을이 한참 침묵을 지키다 이내 말을 시작했다.

"이것까지 말하게 될 줄 몰랐군. 하지만 좋소, 내 말하지."

"……"

"빙정과 마정. 이 둘 말고도 세상에는 다른 두 개의 정(晶)이 있소. 이름은 나도 모르오. 공통점이 있다면, 이 정들은 이 세상의 것이 아닌 기운을 품고 있소."

"다른 두 개라면……. 총 네 개 아닙니까? 사방신과 연관이 있는 것입니까?"

"그렇소. 사방신의 산물인 그 네 가지의 정. 이것이 생성되는 과정과 사방신은 밀접한 연관이 있소. 때문에 이를 찾아 사방신의 살신 방법을 알아내야 하오."

피월려의 초점이 흐려졌다.

"아하……. 그 신물들을 생성하는 장치 혹은 현상을 사방신이라 일컫는 겁니까?"

박소을은 더 설명하려 했지만, 어차피 뼛속까지 무인인 피월려에게는 비현실적인 이계의 일을 알려주어 봤자 믿지 않을 것이라는 생각에 간단히 대답했다.

"그렇게 보아도 좋소."

피월려의 표정이 크게 밝아졌다.

"총주께서는 그 사방신의 산물인 네 가지의 정을 원하시는 것이군요."

"뭐… 그보다는 사방신를 죽이는 것이오."

"이제 이해가 가는군요."

"그랬다면 다행이오."

"그럼 빙정과 마정은 어느 사방신의 산물입니까?"

"그것 또한 정확하지 않소. 단순히 생각했을 때 빙정은 겨울을 다스리는 현무의 것 같으나, 그렇게 따지면 마정 또한 흑색이니, 이것도 현무의 것이오. 그러니 좀 더 복잡한 역학 관계가 숨어 있는 것이 분명하오."

"흐음……."

"그 부분은 궁금증이 풀렸소?"

피월려는 딱딱한 어조로 말했다.

"일단 이렇듯 목적에 관해 말을 들었으니, 이젠 참과 거짓을 구분할 기준이 생긴 것과 다름없습니다. 그 부분에 대해선 솔직히 말씀해 주셔서 감사합니다."

박소을이 담담히 말했다.

"일대주가 살신이 가능했다는 점 때문에 전부 알려준 것이오."

피월려가 날카롭게 물었다.

"전부는 아니지 않습니까?"

"일대주에게 필요한 건 전부 알려주었소."

"압니다. 그래서 더 캐묻지는 않겠습니다. 더 물었다가는 오히려 진실에서 더 멀어질 것 아닙니까? 거짓을 말하진 않겠다는 그 말을 지키시는 것을 도와드리고 싶습니다."

"확실히 대담해졌군, 피 대주. 개인적으로 그런 모습 보기 좋소. 앞으로도 잘 유지하시오. 누구를 만나든 말이오."

누구를 의미하는지 피월려는 생각하지 않았다. 박소을은 항상 의미심장한 말로 끝을 맺으며 듣는 사람을 현혹시키는데, 이것에 하나하나 다 반응하다간 제 풀에 지쳐 원래 봐야 할 것을 보지 못하게 된다.

박소을도 버릇처럼 하는 것이라, 피월려도 새겨들을 건 듣고 아닌 건 가볍게 넘기는 습관을 들여야 했다. 피월려는 바로 다음 질문으로 넘어갔다.

"그럼 마지막으로 하나만 더 묻고 싶습니다."

"물으시오."

"태화난에 관한 일입니다."

"내가 태화난을 주도했다고 이미 말하지 않았소?"

전 수도, 개봉을 모두 태운 태화난.

재산 피해는 말할 것도 없고 인명 피해는 짐작도 하기 어려웠다.

이 사건을 냉정하게 저울질을 해보면, 수많은 사람을 학살하고 강간한 가도무의 죄악조차 새 발의 피나 다름없다.

그런 엄청난 일을 저지른 당사자는 너무나도 태연하게 자기가 했다 고백했다.

피월려는 몇몇의 범인을 간살한 가도무에게 불쾌감을 느꼈었다.

그럼에도 박소을에게선 이상하리만큼 불쾌감을 느낄 수 없었다. 이성적으로 보면 박소을이야말로 희대의 악마인데도 말이다.

태화난은 그 정도로 비현실적인 일이었다. 하늘의 뜻이라고 은연중에 생각할 정도로 하나의 재앙과도 같은 일. 이런 일을 해내고는 눈 하나 깜짝하지 않는 박소을은 어떤 인간이란 말인가.

피월려는 침을 꿀떡 삼키고 말했다.

"그것은 압니다만, 그 이후 황궁의 움직임에 대해서 묻고 싶습니다."

"황궁의 움직임이라면 천도를 하겠다는 그 판단 말이오?"

피월려는 하나하나 따져가며 천천히 말했다.

"태화난을 일으킴으로 낙양으로 천도한다. 따라서 새로이 수도가 된 낙양에 자리 잡은 낙양지부가 중요하게 작용하게 되고, 때문에 교주도 함부로 낙양지부를 건드리지 못하는 안

전장치가 된다. 이게 전에 말씀하신 부분입니다. 맞습니까?"

"맞소."

"여기서 매끄럽지 못한 부분이 있습니다."

"무엇이 말이오?"

"태화난과 천도가 연결되는 점입니다. 태화난이 일어났다고 해서 어떻게 낙양으로 천도할지 안단 말입니까? 전에는 마치 태화난으로 인해서 저절로 천도 사업이 일어나는 것처럼 설명 하셨습니다만, 가만히 생각해 보니 태화난뿐 아니라 천도까지 도 박 총주께서 개입한 것이 아닌가 합니다."

"오호, 갑자기 왜 그런 생각을 하셨소?"

"이틀간 정세를 살피며 조금 공부해 보니, 황궁의 움직임이 너무나도 민첩함을 느꼈습니다. 그 속도가 너무 빠르고 쳇바 퀴처럼 착착 돌아가는 것이, 태화난으로 인해서 어쩔 수 없이 천도한 것이 아니라, 천도를 미리 생각해 두고 계획에 옮기는 것이 아닌가 하는 의심을 품게 된 것입니다."

"좋은 의심이오."

"그 뜻은 박 총주께서 천도까지도 주도했다는 겁니까?"

"답부터 하자면, 아니오. 내가 천도까지 주도하지 않았소. 다만 교화를 섞은 천력탄을 권문세가들에게 파는 과정에서 백운회의 눈에 걸린 적이 있소. 그때 유한 장군과 대화하여 모든 것을 조정했소. 황제를 직접 설득한 것은 내가 아니오.

유한 장군일 수도, 손막 대장군일 수도 있소. 혹은 제삼자이거나."

"……."

피월려는 잠시 개봉에서 손막 대장군과의 대화를 머릿속으로 상기했다.

그때 손막 대장군은 황태자의 암살 시일을 알고자 했다. 아마 그로 인해서 권문세가에서 천력탄을 쓸 시기를 먼저 알아, 태화난에 대비하려던 것이 분명했다.

개봉에서 일어난 모든 일의 시발점이 바로 황태자의 암살이었기 때문이다.

박소을은 말을 이었다.

"즉, 이미 경운제가 천도를 생각하고 있었고, 시기에 맞춰서 계획대로 경운제가 주도한 것이라고 보면 되오. 태화난이 일어날 때 이미 황궁에선 요주 인물과 문서들을 모두 말끔히 보호했었소."

"그럼 경운제가 왜 천도를 생각한 것입니까?"

"개혁을 위해서 변화의 구실이 필요한 것이겠지."

"단지 그것을 위해서 황제가 수도에 화재를 일으켜 수많은 백성을 태워 죽이는 것을 방조했다는 말입니까? 무슨 개혁이기에 그렇습니까?"

"경운제의 개혁은 다름 아닌 무림의 지배권이오. 관과 무림은 상종하지 않는다는 불문율을 깨고 직접 무림까지도 통치하는 것이 그의 바람이오. 때문에 백운회를 높여 앞세우고, 이를 통하여 서서히 무림을 장악하려는 것이지. 황제가 된 그를 견제할 권문세가도 없는 지금 실정에, 그의 개혁에 반하는 행동을 함부로 취할 순 없소."

"그럼 태화난과 천도 자체는 황궁과 합의하에 이뤄진 것이군요."

"경운제는 자기 아비와 형제들을 죽이고 황제가 되었소. 뿐만 아니라, 황도와 수천수만의 백성이 불살라지는 것을 묵인했소. 그 인품이 천살성과도 비견될 것이오."

태화난을 직접 계획한 박소을은 마치 딴 세상 이야기를 하는 것처럼 말했다. 피월려는 황당했지만, 감정을 표출하진 않았다.

"그 개혁이 본 교에 영향이 크겠습니까?"

"본 교뿐만 아니라 무림 전체에도 영향이 크고. 백도에서도 다급해졌지. 설마 경운제가 무림을 통치하려는 줄은 그들도 몰랐을 것이오. 그러니 부랴부랴 무림맹을 수도에 건설하여 하나의 중심 세력을 만든 것이 아니겠소?"

피월려는 느리게 고개를 끄덕였다.

"일이 그렇게 되었군요."

"낙양지부를 살리고자 한 나는 목적을 이루었으니, 그것만으로 족하오. 다만 황궁에 놀아난 것은 꽤 기분이 더럽소."

"경운제에게 이런 과감한 생각을 심은 자가 누구겠습니까?"

"경운제 본인일 수도 있고, 손막일 수도 있고. 아님 아직 이름 없는 책사일 수도 있고. 다만 본 교는 개봉의 일에서 겨우 본전을 건졌다 말할 수 있소."

"그럼 앞으로 백운회는 완전히 적입니까?"

"어떤 방면에서는 백도보다 더. 그들에게 고수 하나 정돈 투입해야 할 것이오."

"……."

"답이 되었소?"

피월려는 포권을 취했다.

"감사합니다."

"피 대주가 의문을 풀게 되어 나도 좋소. 그런데 나도 물어볼 것이 있소. 내가 성실히 답해준 것처럼 피 대주도 성실히 답해주었으면 하오."

"무엇입니까?"

"나 부교주의 일, 소상히 말해보시오."

"……."

"어찌 된 일이오?"

피월려는 잠시 생각을 정리하곤 대답했다.

"생사혈전은 직접 보지 못했습니다. 졌다고 들었습니다."

"객잔에서 무아지경에 빠졌다는 이야기는 원설에게 들었소. 어떤 일들이 있었는지는 전부 다 아오."

"그럼 무엇이 궁금하신 겁니까?"

"원설이 말하길, 생사혈전을 하기 보름 전, 한 허름한 객잔에서 검봉을 만났다 들었소. 그리고 그 이후 화산파 장문인인 향검 정충이 직접 방문했고. 그들과 사전에 만나 일대일 승부로 만든 것도 다 피 대주가 꾸민 일이라 하던데, 맞소?"

"예. 화산파를 상대로 맨몸으로 쳐들어가는 것보다는 적어도 향검과 일대일의 기회가 있다면 더 좋지 않을까 했습니다."

"그 일을 위해서 일대원들을 사용한 것이고. 또 만남을 주선했고."

"그런데 설마 검봉과 향검 본인이 찾아올 줄은 저도 몰랐습니다."

"어찌 되었든, 그 이후에 원설은 아무런 대화도 듣지 못했다 들었소. 반각 정도를 대화하고 다시 떠났다고 하던데, 부교주와 정충이 무슨 대화를 나눴소?"

피월려는 고개를 저었다.

"저도 그 당시 일을 모릅니다. 나 선배가 그런 것인지, 정충이 그런 것인지는 모르겠습니다만, 그 둘 사이에는 음파를 차단하는 방음막이 있어서 대화를 전혀 엿들을 수 없었습니다."

"그래도 직접 옆에서 본 피 대주는 입술이나 분위기를 보고 대강 대화를 유추할 수 있지 않았소?"

피월려는 눈을 잠시 감고 그날을 회상했다.

"나 선배의 과거를 아십니까?"

"모르오."

"복잡한 사연이 있습니다. 중요한 건 나지오가 검봉의 숙부라는 점입니다. 또한 나지오를 따르던 묵뇌는 검봉의 친아버지일 확률이 높습니다."

"흠, 화산파 출신이니 그런 혈연이 있을 수 있겠군."

"태어날 때부터 어미를 잃고 아비로부터 버려진 검봉을 기른 것이 바로 향검입니다. 검봉에게는 향검이야말로 아버지고 어머니일 것입니다."

"부교주에겐… 향검이 은인인가."

"원한 관계도 있습니다. 향검의 친동생인 낙안청검이 나 선배와 묵뇌가 화산파에서 파문을 당하게 된 계기가 된 자이며, 또한 그의 죽음에 나 선배와 묵뇌가 일조했다는 것입니다."

"그럼 향검은 나지오에게 원한을 품고 있어야 하지 않소? 그럼에도 자기 동생을 죽인 자의 질녀이자 자녀인 검봉을 친자식처럼 길렀다는 것이오?"

"낙안청검은 백도의 인물답지 않은 악인이었습니다. 향검은 아마 동생의 죄를 대신 속죄하는 의미가 아니었을까 합니다."

"일이… 그렇게 된 것이군."

"제 추측으로는 나 선배가 일부러 져준 것이 아닌가 합니다. 원수를 은혜로 갚은 향검을 차마 죽일 순 없었을 겁니다."

"그의 성정이라면 그럴 수 있소……. 그래서 부교주가 패배한 것이군. 혹 생포당하거나 하진 않았소?"

"나 선배를 포함하여 매화마검수 모두 죽었다 합니다. 화산파의 고수의 입에서 직접 들었습니다."

박소을이 중얼거렸다.

"원설도 피 대주를 지키느라 부교주와 매화마검수의 죽음을 정확히 본 자가 없소. 대중에게 마지막으로 비쳐진 모습은 패배하여 쓰러진 나지오를 화산파에서 거두었다는 것이고, 이를 되찾기 위해서 남은 매화마검수가 화산으로 올라간 것이 끝이오. 그들이 죽었다는 보장은 없으니, 아직 죽었다 할 순 없을 것이오."

"그래도……."

"원수의 자식이자 질녀인 검봉을 딸처럼 기른 정도의 성정을 지닌 정충이라면… 그들이 살아 있을 수도 있소. 게다가 화산파의 무공은 무당파와 소림파와 더불어서 살생하는 것조차 정진에 방해가 될 정도로 순수한 정공이오. 아마 무공을 폐하고 감옥에 가둘 뿐, 살해하진 않았을 것이오. 단지 그것을 두고 죽었다 말하는지도 모르지."

"정말로 그리 생각하십니까?"

"피 대주의 말을 듣고 나니 더욱 살아 있을 거라는 생각이 드오. 정충이라면 필히 부교주와 매화마검수는 살아 있을 것이오. 그들이 죽었다는 화산파 고수의 말도 다시는 찾지 말라는 의미일 것이오."

"……."

"좋소. 내 의문은 해결되었소. 피 대주도 그러하다면 과거의 일은 모두 정리된 것이군. 그렇지 않소?"

피월려는 고개를 끄덕였다.

"설마 이렇게까지 솔직히 나오실 줄은 몰랐습니다."

박소을은 딱딱한 어투로 대답했다.

"나나 피 대주나 충성이니 하는 것에 환상을 가진 자들이 아니지 않소? 따라서 서로 필요한 부분이 있으면 협력하는 것이고, 아니면 말면 되오. 나는 내 일을 위해서 피 대주가 필요하고, 피 대주도 생존을 위해서 내 아래 있는 것이 좋질 않소? 그런 이해관계가 맞아서 생긴 관계이니, 서로가 필요한 한도 내에서만큼은 솔직해야지 그렇지 않으면 의미가 없소."

바른말이다.

그 누구도 진면목을 알 수 없다는 박소을. 그는 피월려를 속이거나 그의 생명을 위험에 빠뜨린 적도 있다. 그를 도구처럼 사용하기도 했고, 심지어 버릴 생각까지 했었다. 그러나 피월려는 이상하게 그를 섬기는 데 있어, 불편한 기분이 들지 않았다.

물론 화도 나고 원망스러운 감정까지도 들었지만, 작금에 와서까지 원한을 갚아야 한다는 생각은 들지 않았다.

그 이유는 피월려야말로 박소을과 가장 비슷한 사람이기 때문이었다.

피월려의 입장에선 사실 주하처럼 교주에게 맹목적으로 충성하는 대부분의 마인을 이해할 수 없었다. 오히려 마교 내에서 가장 이해할 수 있는 사람이라면 박소을이었다. 박소을의 사고방식은 피월려에게 친숙한 것이었고, 따라서 그의 보호를 받으며 그를 섬기는 게 가장 편했다.

이상한 믿음에 눈이 가려지지도 않았고, 일일이 감정싸움을 할 필요도 없다.

피월려는 박소을 아래서 계속 일하자고 결정을 내렸다.

"여기 오면서 더 이상 박 총주님을 상관으로 모시고 싶지 않다는 생각이 지배적이었습니다. 그러나 제 목숨을 살려준 것과 극양혈마공을 진정시킬 수 있는 방도를 고안해 주신 것, 또한 이렇게 솔직히 대답해 주신 것을 보니, 과거에 대해 모두 잊고 앞으로도 섬기겠습니다. 물론 이해관계가 지속되는 한 말입니다."

박소을이 퉁명스럽게 대답했다.

"좋소. 그럼 이제 과거 이야기는 끝내고, 앞으로의 일을 논해도 되겠소?"

"예."

"안건이 수십 개가 넘어가니 오늘 밤을 지새워도 모자랄 것이오."

"알겠습니다."

"처음은 낙화루에 관한 일이오."

박소을은 그 이후, 정말로 만 하루가 넘는 시간 동안 피월려와 많은 일을 상의했다. 이는 단 2개월 동안 낙양의 정세가 얼마나 뒤바뀌었는지 잘 알 수 있는 부분이었다.

제칠십삼장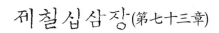(第七十三章)

상념에서 깨어난 피월려가 마차 안에서 밖을 내다보았다.

천마신교 낙양지부가 자리 잡은 위치는 낙화루와 거리가 가까운 남쪽 부근.

그곳에서부터 북쪽에 위치한 황룡세가까지 가기 위해서는 황궁이 있는 낙양의 중심지, 존양을 가로질러야 했다. 피월려는 마차에 난 작은 창문을 통해 극도로 사치스럽게 변화한 존양을 천천히 둘러보았다.

태수전이 황궁이 되면서 그 크기가 다섯 배 이상이나 커지는 바람에, 낙양의 귀족들과 거부들이 살던 존양 지역이 황궁화되어 버렸고, 때문에 밀려난 그들은 각각 서쪽과 동쪽을 중심으로 자리를 잡기 시작했다.

이렇게 형성된 동쪽을 금양(金陽), 서쪽을 권림(權林)이라 불렀는데 그 이유는 뱃길이 들어오는 동쪽으로 거부들이 먼저 자리를 잡았고, 장사치들과는 상종하기 꺼리는 귀족들은 그 반대에 위치한 서쪽에 자리를 잡았기 때문이다.

그리고 남은 존양 지역에서는 원래 낙양에 살던 귀족들이 아닌, 새로운 황제를 세우는 데 일조한 신흥 강자들의 혈족이 점차 터전을 만들어나가고 있었다.

그들은 전통성보다는 실용성을 생각하는 황제의 사상 덕분에 출세하게 된 자들이 대부분이므로, 자기들에겐 부족한 전통성을 사치를 통해 채우고자 했다.

또 마침 낙양은 전 중원에서 집중된 온갖 재물과 금은보화가 유동하는 시기였기에, 자연스레 존양에 극도의 사치스러운 문화가 성행하게 되었다.

담 끝의 조각에 금칠을 하는 건 물론이요, 문에는 사람 손바닥만 한 보석을 박아 넣는 것이 보통이었다. 여인들은 너나 할 것 없이 수많은 장신구를 둘렀고, 남자들조차 반지 하나쯤은 꼭 차고 다녔다.

이백오십 년의 평화 기간 동안 황궁에서 쌓아온 재물이 얼마나 되는 것인가?

누구라도 눈이 휘둥그레지는 그곳에서 피월려의 눈빛은 조금도 평정심을 잃지 않았다.

그렇게 존양을 지나고 조금 더 북쪽으로 향하니, 전에 북문이 있었던 위치에 당도하기 이르렀다.

현재 낙양은 그 크기가 두세 배 이상 커졌고, 지금도 커지고 있어 전에 쓰던 문들은 그저 하나의 역사적인 건축물로 남아 있을 뿐이었다.

이제는 사람들의 눈요깃거리밖에 되지 못하는 북문을 보며, 피월려는 황룡무가의 대문 앞으로 걸어갔다.

그가 가까이 옴을 본 황룡무가의 문지기가 그에게 물었다.

"어디서 오신 분입니까?"

키가 보통 사람보다 머리 하나는 더 큰 장정이었다. 황도의 법칙상 무기를 들고 있진 않았지만, 언제라도 출수할 수 있는 무림인임이 확실했다.

피월려가 중얼거리듯 말했다.

"천마신교."

"……."

"어제 기별했다. 오늘 들르겠다고."

그 남자는 눈을 껌벅이더니 다시 말했다.

"호… 홀로 오신 겁니까?"

"그렇다. 문제 있나?"

그 남자는 믿을 수 없다는 듯이 계속 피월려의 뒤를 힐끔거렸다.

그러나 그의 뒤에는 천마신교의 인물로 보이는 자들이 단 한 명도 보이지 않았다.

다만 백운회로 보이는 단시월만이 희미한 미소를 짓고 있었다.

"혹 태위님께서 아시는 바가 있습니까?"

질문에 단시월이 고개를 크게 끄덕였다.

"천마신교에서 오신 분이 맞다. 뭔 일이 있을까 하여, 따라온 것이지."

"그럼 정말로 천마신교에서 오신 분이군요."

피월려를 바라보는 장정의 눈빛이 한층 복잡해졌다.

대놓고 마인이 북쪽에 오다니……

그 남자는 침을 꿀떡 삼키고는 말을 이었다.

"잠시 안에 고하고 오겠습니다."

그는 거대한 문 안으로 사라졌다.

반각이 지났을까? 허리가 굽다 못해 머리가 땅에 닿을 것 같은 한 노인이 그 남자와 함께 나타났다.

"아… 역시 파심마검(破心魔劍)이시군요."

피월려의 눈썹이 꿈틀했다.

"무슨 소리지?"

"지부 내에서 여러 이름으로 불린다 들었습니다. 심검마로 불리기도 하고, 파검마로 불리기도 하고……. 본인의 검을 부수고 천마에 이르렀단 소리를 들었는데, 아닙니까?"

"맞다."

"그 이름들을 모두 합쳐 부른 것뿐입니다."

"……."

피월려의 표정이 좋지 못한 것을 보고, 그 노인은 자기 입을 가리는 시늉을 하며 부드럽게 물었다.

"마음에 들지 않으십니까?"

피월려는 낮은 어조로 대답했다.

"그 말이 아니라 네 의도가 마음에 들지 않는다. 내 별호를 거론하면서 은근히 정보에 밝은 것처럼 말하는군."

"설마……. 그런 의도로 말한 건 전혀 아닙니다. 믿어주십시오."

"됐다. 안내나 해."

"그것이……."

"왜? 내 기별을 못 받았나?"

"아닙니다. 어제 파심마검께서 기별을 하신 건 분명히 받았습니다. 다만 저희 쪽에서 거절하는 답장을 보냈습니다만, 받지 못하셨습니까?"

"받았다."

"……."

"안내해라."

그 말이 끝나기 무섭게 단시월이 피월려의 앞에 섰다.

"제가 제지하지 않으리라 생각하시면 큰 오산입니다. 무력을 사용하지 마십시오. 참고로 당장 이 거리에 눈에 보이는 관군이 스무 명이고, 백운회 고수는 다섯입니다."

"해. 하려면."

"……."

피월려는 노인에게 고개를 돌렸다.

"하나 묻지. 관가(管家)인가?"

관가는 집주인의 혈족을 제외한 하인 중 가장 높은 사람으로 한 가문의 실질적인 살림꾼이라 볼 수 있었다.

피월려는 그가 손님 출입의 결정권을 가진 자인지 묻는 것이었다.

"예. 부족하지만, 대황룡무가의 살림을 맡고 있습니다."

피월려는 딱 한 마디를 던졌다.

"생각 잘해."

"……."

"……."

"……."

"뭐, 좋아. 피를 보겠다면."

피월려가 팔을 들었고, 그 순간 모든 이의 얼굴이 파랗게 질렸다.

그때였다.

"들여보내세요."

앙칼진 목소리.

어조가 높은 여인의 목소리였다.

피월려는 팔을 내렸고, 그 관가는 한시름 놓았다는 듯이 가슴을 쓸어내렸다.

"예, 마님."

노인이 눈짓하니 장정이 문을 열어주었다.

피월려는 멀찍이 서 있는 한 미부인을 볼 수 있었다.

어딘지 모르게 진설린을 닮은 그 미부인. 그로부터 그녀가 진설린의 친모이자, 전 황룡검주 진파진의 정실인 반미랑이라는 것을 알 수 있었다.

피월려는 활짝 열린 대문을 통해 안으로 들어섰고, 단시월도 그의 뒤를 따라 들어갔다.

단시월의 얼굴에는 일이 어찌 흘러갈까 궁금해하는 흥분이 가득했다.

반미랑은 피월려의 앞에 와 직접 인사했다.

"반미랑이에요."

거두절미하고 이름 석 자를 말하는 반미랑. 그녀의 복장은 황룡무가의 안주인이라고는 믿을 수 없을 정도로 수수했다. 자신감에 차 있는 눈빛과 동년배 여인들보다 키가 큰 그녀는 자기주장이 강하고 강단 있는 여인처럼 보였다.

출가했음에도 황룡무가의 안주인으로 스스로를 소개하지 않고, 자기 본래 성과 이름을 말하는 그녀.

피월려는 그 모습이 어딘지 모르게 진설린과 상당히 닮았다 생각했다.

또한 목소리와 말투는 진설누의 것을 연상케 했다. 누가 봐도 진설린과 진설누의 친어머니가 확실했다.

"피월려이오."

피월려도 간단히 자기를 소개했다.

반미랑은 그의 소개 방법이 마음에 들었는지, 입가에 미소를 띠었다. 진설린과 진설누의 나이만 따져도 족히 사십은 넘었을 것이 분명한데도, 그녀의 얼굴에서 주름 하나 찾아보기 어려웠다.

그녀는 피월려의 시선에서 조금 벗어난, 정확하게는 황룡무가의 대문 오른쪽 윗부분에 시선을 가져가며 말했다.

"같이 오신 분인가?"

단시월이 앞으로 한 발짝 나섰다.

"단 태위입니다."

"아니, 태위분 말고요."

"그럼?"

"여성분이요."

"……"

피월려는 설마설마하는 생각을 했다. 그러나 반미랑의 눈에는 확신이 가득 차 있어, 그녀가 정말로 알고 있다고 믿을 수밖에 없었다.

피월려가 고개를 숙이며 사과했다.

"결례를 범했소. 주 대원, 나오시오."

피월려가 명을 내리자, 반미랑이 시선을 두던 곳에서 검은 형체가 뚝 하고 떨어졌다.

주하는 차마 피월려의 눈을 마주 보지 못하고 고개를 살포시 돌리며 말했다.

"죄송합니다."

입술을 살포시 물은 그녀는 자기의 암술이 들킨 것에 대해 크게 자존심이 상한 듯했다. 반미랑이 위로하듯 조용히 타일렀다.

"소저의 실력이 부족해서라기보단 제가 익힌 무공과 비슷하기 때문이에요."

"……"

조금도 위로로 받아들일 수 없었던 주하는 더욱 세게 입술을 깨물 뿐이었다.

그런 그녀를 두고 반미랑은 앞장서서 걷기 시작했고, 자연스럽게 그 뒤를 피월려와 단시월, 그리고 주하가 따라 걷기 시작했다.

반미랑이 입을 열었다.

"단도직입적으로 말하죠. 파심마검께서 찾는 가주는 황룡무가에 없어요."

무슨 속셈인지 모르겠지만, 황룡무가에서는 그를 파심마검으로 부르기로 작정한 듯싶었다.

딱히 기분이 나쁘지 않았던 피월려는 괜한 데 시비 걸 생각이 없었다.

그는 강압적인 목소리로 본론에 초점을 맞췄다.

"오늘 찾아뵙겠다고 분명히 말했소만."

반미랑은 조금도 변화 없는 목소리로 조용히 대답했다.

"저희는 분명히 거절한다고 말했어요."

"본 교에 굴복한 황룡무가에서 내 방문을 거절할 힘이 있다 보시오?"

다소 도발적인 언사지만, 반미랑은 역시 침착했다.

"낙양의 상황을 모르시진 않겠죠? 낙하강을 기준으로 백도는 북쪽에 흑도는 남쪽에 자리 잡았어요. 백도의 땅이 된 북쪽에서, 그것도 가장 중앙에 위치한 본 가에 아직도 영향력을 행사할 수 있다고 믿으시나요?"

"그래서 직접 행사하러 왔소. 가주가 어디 있소?"

"있는 곳을 말하면 직접 데려오실 작정인가요?"

"어디 있소?"

"무림맹에 가 있어요."

"……"

"왜요? 아무리 파심마검이지만, 무림맹에 들어갈 배짱은 없나 보군요."

피월려는 콧방귀를 뀌었다.

"흥, 치졸하군. 사내답게 정정당당히 비무하여 그 결과에 승복하자는 것이 황룡검주에게는 그리 어려운 일이란 말이오?"

피월려가 보낸 서찰의 내용은 간단했다.

비무하자. 이기면 천마신교를 계속 섬기고, 지면 완전히 놓아주겠다.

앞뒤를 치장하는 단어는 하나도 없이, 딱 몇 문장만을 보냈다. 그러니 오해의 소지도 없다.

반미랑이 차분히 황룡무가의 상황을 설명했다.

"이미 본 가는 귀 교의 영향에서 벗어났어요. 무림맹이 코앞에 있는 한, 귀 교에서는 본 가에 아무런 영향력도 행사할 수 없어요. 그런데 왜 굳이 가주가 그 비무장을 받아들여야 한단 말인가요?"

피월려는 여전히 경멸조로 그녀의 질문에 답했다.

"이제 보니 내가 쳐들어올 것까지 예상하고, 무림맹으로 도망간 모양이군."

"아니요. 서찰을 받기 전부터 있었던 선약 때문에 간 것이에요."

피월려는 갑자기 우뚝 섰다. 이에 그 주변에 있는 모든 사람이 숨을 죽이고 그의 다음 행동을 지켜봤다.

피월려는 자신감에 찬 목소리에 마기를 실어 사방에 들리도록 크게 말했다.

"황룡무가의 주인이라는 자가, 한낱 마인 한 명이 두려워 꼬리를 말고 도망가다니! 백도 놈이 득실거리는 이곳에 내가 홀로 왔거늘, 너희들이 비겁하다 매도하는 마인보다 못한 배포를 가지고 무슨 오대세가의 주인이냐!"

쩌렁쩌렁한 목소리가 황룡무가 내 깊숙한 곳까지 울렸다.

피월려는 하늘을 보며 더욱 크게 외쳤다.

"들어라! 황룡무가! 여기서 당장 나와 비무할 고수조차도 없느냐! 네놈들이 진정 오대세가에 들 만한 가문이라면 당장 무기를 들고 내 아……!"

그때 어디선가 목검 하나가 피월려의 얼굴을 향해 날아와 그의 말문을 막았다.

탁!

그것을 받아 든 그가 앞을 보니, 반미랑이 서릿발 날리는 눈빛으로 그를 보고 있었다.

"비무하죠."

"······."

반미랑은 겉옷의 허리띠를 풀었다. 분명 허리띠임이 분명한데 그녀의 손에 들리니 하나의 연검(軟劍)처럼 보였다.

갑작스러운 사태 변화에 피월려가 잠시 주위를 둘러보니, 이미 그들은 한적한 공터에 와 있었다.

피월려의 도발을 듣고 황룡무가의 무인들이 하나둘씩 공터에 모여들었는데, 어느새 큰 원을 그리며 둥그렇게 벽을 만들었다.

애초에 반미랑은 피월려를 상대할 생각으로 그를 연무장으로 인도했던 것이다.

황룡검주 진파굉과의 일전을 떠올렸던 피월려는 설마 그 상대가 반미랑이 될 줄은 꿈에도 몰라, 잠시 표정이 멍해졌다.

"왜요? 막상 하려니까 무서워요?"

"······."

방금 반미랑은 진설린이 겹쳐 보일 정도로 똑같은 말투와 어조로 말했다.

때문에 순간 놀란 피월려는 할 말을 잃었다. 반미랑은 허리띠를 한번 탁 하고 치며 땅을 크게 훑더니 단시월에게 시선을 돌렸다.

"태위님은 이번 일을 눈감아주셔야겠어요."

단시월은 뭐라 말하려 했지만, 수많은 황룡무가 무인들의 강렬한 눈빛을 받자 차마 비무를 정지시킬 수 없었다. 아마 그랬다간 살아서 황룡무가를 나가지 못할 것이라는 생각이 들었기 때문이다.

그가 피월려와 반미랑 모두에게 말했다.

"둘 중 한 명이라도 죽었다간, 일이 어찌 될지는 아시리라 믿습니다. 적당히들 하십시오."

목검이라지만 천마급 마인인 피월려의 손에 쥐어지면 충분히 살인이 가능하고, 이는 반미랑의 허리띠도 마찬가지다.

반미랑이 피월려에게서 눈을 떼지 않은 채 단시월에게 말했다.

"걱정 마세요. 죽일 정도로 세게 하지 않을 테니까. 딱 내 딸에게 한 것만큼만 혼내줄게요."

어느 딸을 말하는가? 진설린을 말하는 거라면 심장을 뚫릴 것이고, 진설누라면… 아마 영 좋지 않은 곳이 뚫릴 것이다.

둘 다 썩 반가운 상황은 아니다.

피월려는 어깨를 으쓱하며 말했다.

"뭐, 정 나와 비무를 하겠다면……."

피월려는 금강부동신법을 펼쳐 앞으로 쏘아지며 동시에 눈을 감았다. 그리고 심검을 펼치며 극양혈마공을 제어했다.

여인을 상대로 선공!

과연 마인답다라는 경멸에 찬 시선 수십 개가 피월려에게 꽂혔지만, 그는 전혀 그 시선들을 느낄 수 없었다.

심검에 의해 감긴 그의 눈에 들어오는 건 전투에 영향을 끼치는 것들뿐이기 때문에, 그들이 전투에 직접 참여하지 않는 이상 피월려의 심상 세계에는 아무런 영향도 미칠 수 없었다.

크게 들어오는 정면 찌르기는 하품이 나올 정도로 뻔했다. 그러나 그만큼 변수를 만들기 어려웠다.

반미랑은 훌쩍 뒤로 뛰었다. 목검보다는 허리띠의 길이가 길고, 그녀의 본신 내력인 연검술의 검경(劍境) 또한 피월려의 심검보다 길었기 때문이다.

하지만 피월려의 목검은 그대로 그녀의 검경을 밀고 들어왔다.

반미랑은 자기가 분명 뒤로 뛰었다는 걸 자각하고 있었다. 다리에 내공을 실어 보법을 밟아가며 적어도 삼 장 이상은 뒤로 뛰었을 것이다. 뒤에서 느껴지는 바람도 확실히 그 사실을 반증했다.

그러나 앞에서 목검을 정면으로 밀고 들어오는 피월려를 보면, 마치 아예 움직이지 않은 것 같은 착각이 들었다. 뒤에서 불어오는 바람도, 그녀가 뛰어서 부는 것이 아니라 자연적으로 불어오는 것이 아닌가 하는 착각마저 들 정도.

이는 피월려의 몸이 반미랑의 몸과 정확히 같은 시간에 동시에 도약했기 때문에 가능한 것이다.

뿐만 아니라 반미랑의 움직임을 한 치 차이까지 예견하여 그대로 움직인 것이다.

흡사 미래를 보는 눈.

그리고 그것을 실현 가능케 하는 금강부동신법.

이 두 가지가 마치 환술에 빠진 것과 다름없는 비현실적인 공격을 보여준 것이다.

반미랑은 반탄지기를 펼쳤다.

그러자마자 피월려의 몸이 그 자리에 굳은 듯 움직이지 않게 되었고, 반미랑과 피월려는 삼 장 이상이나 거리가 멀어졌다.

파아아ー!

멀리서 한없이 약해진 반미랑의 반탄지기를 느낀 피월려는 그 속에 원래부터 알맹이가 없다는 것을 느낄 수 있었다.

검에 찔리겠다고 반탄지기를 펼친다? 당연히 의심했어야 하는데, 그걸 그대로 믿은 것도 잘못이다.

설마 반탄지기의 위력을 스스로 조절할 수 있을 정도로 내력을 다루는 데 완숙할 정도일 줄은 몰랐다.

극양혈마공처럼 불안정한 내공을 익힌 피월려는 꿈도 못

꾸는 수준의 것이다.

피월려는 반미랑의 실력을 절대 하수로 볼 수 없다는 걸 깨달았다.

마음이 읽히는 심검 앞에서는 부처 손바닥 위의 원숭이일 뿐이다.

그러니 피하거나 막을 생각 없이, 전 방향으로 기를 뿜어내는 반탄지기를 뿜겠다는 판단!

이런 과감한 판단을 내릴 수 있는 건, 실전에 상당히 익숙하지 않으면 힘들다.

반탄지기는 긴급한 순간에만 써야 한다는 뿌리 깊은 고정관념을 깨부수는 건 적어도 백 번 이상의 싸움과 열 번 이상의 생사혈전이 아니면 불가능하기 때문이다.

황룡무가의 안주인이 도대체 어떤 생사혈전들을 치러왔단 말인가?

피월려는 일단 그쯤에서 생각을 멈췄다. 눈앞에서 날아오는 뱀과 같은 허리띠의 움직임이 심상치 않았기 때문이다.

심검을 사용하더라도 혼신의 힘을 다해 피하지 않으면 안 될 정도로 아슬아슬한 속도와 변화를 가지고 있었다. 연검이 아니라 허리띠이니 맞아도 죽진 않겠지만, 최소 뼈는 부러질 것이다.

피월려는 고개를 뒤로 젖혔고, 허리띠의 끝은 그의 머리가 있던 자리에 나무 막대기처럼 바짝 섰다.

그리고 그 허리띠로 올라오는 한 번의 파도.

파— 앙!

공기가 터지는 소리가 들리면서 그 속에 담긴 내력이 피월려의 고막을 강타했다. 온몸에 내력이 돌면서 그의 육신을 보호하고 있었기에 망정이지, 그렇지 않았다면 귀에 상당히 큰 타격을 받았을 것이다. 하지만 타격이 아예 없던 것은 아니었다.

피월려는 순간 울렁거리는 것을 느끼면서, 가까스로 몸을 왼쪽으로 틀었다.

쿵쾅!

그대로 바닥에 떨어진 허리띠가 마치 쇳덩이를 바닥에 떨어뜨린 것처럼 굉음을 내며 땅을 크게 훔쳤다. 그것을 겨우 피한 피월려는 검을 그대로 들어 그 허리띠가 있는 곳에 힘껏 찔러 넣었다.

어둠이 가득한 그의 눈 뒤에서는 역화검이 허리띠를 땅에 딱 꽂아 넣어 고정했다.

하지만 피월려는 그것이 현실과 다를 수 있다는 것을 안다. 얼마나 다른지는 눈을 뜨고 확인해야 한다.

피월려는 살포시 눈을 떴다.

심상의 세계와 다르게 현실에서는 손톱보다 작은 거리를 두고 허리띠 바로 옆에 피월려의 목검이 박혀 있었다.

초절정고수와 비무를 했으나, 전과 달라진 것이 없었다.

*   *   *

처음 이상함을 느낀 건, 낭파후와의 대련에서였다.

피월려는 사천행을 나서기 전에, 세 명의 마인과 생사혈전을 약속했다.

일대원인 낭파후와 단시월, 그리고 주하였다. 그중 주하는 다시 피월려의 전속이 되어 제일대에서 나왔으므로 더 이상 피월려와 생사혈전을 할 이유가 없었지만, 낭파후와 단시월은 그가 천마에 올랐음을 알고서도 생사혈전을 해야 한다고 주장했다.

둘 다 피월려의 손속이 잔인하지 않다는 것을 잘 알고, 한 번이라도 천마급과 정면으로 상대해 보고 싶다는 생각에 과감히 주장한 것이다.

피월려도 소생한 이후 자기의 몸을 점검해 볼 필요성이 있었기 때문에 거부하지 않고 선뜻 받아들였다.

낭파후와의 대련은 길지 않았다. 진정된 극양혈마공과 완성된 용안심공으로 심검을 펼치니, 눈에 놓고 그리듯 낭파후의 움직임이 포착되었던 것이다. 전처럼 용안심공을 쓰고 극양혈마공을 끌어 올리고 할 필요도 없이, 그저 심검을 펼치겠다는 마음가짐이 자연스레 그 둘을 조화롭게 이끌었다.

그때야말로 피월려는 천마와 지마의 차이를 극명하게 느꼈다.

직접 천마가 되어 지마를 상대하니, 그 차이가 생생히 피부로 느껴졌다.

속도나 힘의 차이 그 자체는 그리 크지 않았으나, 상식의 틀에서 벗어나는 과감한 움직임으로부터 절대적인 차이를 만들어냈다.

한마디로 정의하면 응용의 차이. 낭파후를 상대하면서 이렇게 움직이면 되는 것을 굳이 저렇게 움직여야 하나 하는 식의 의문이 끊임없이 들었다.

최고의 속도를 내고, 최고의 힘을 내고, 최고의 정확성을 가지는… 그런 정답 같은 움직임만 행하니, 보고 있는 피월려 스스로가 답답할 지경이었다.

그러다 슬슬 싸움을 끝내기 위해서 눈을 감고 심검을 펼쳤다.

그때 그의 손에 잡힌 건 다름 아닌 역화검. 분명히 목검을 들고 있었음에도 심검만 펼쳤다 하면 역화검이 보였다.

단시월과의 대련에서도 마찬가지. 피월려는 혹시나 너무 쉬운 상대이기 때문에 그런 건가 하여 박소을에게 대련을 청했지만, 박소을은 그와의 대련을 받아들이지 않았다. 바쁘다는 것이 이유였다.

그리고 반미랑과의 대련. 소생한 뒤, 천마급 혹은 초절정과는 처음 있는 대련이다.

쉽지 않은 상대임에도 심상에선 역화검이 보였다.

이로 인해서 피월려는 역화검이 보이는 현상은 단순히 적이 쉬운 상대이기 때문에 그런 것은 아니라는 것을 확인할 수 있었다.

즉, 이것은 일시적인 현상이 아니라 계속 그를 따라다니는 족쇄가 될 것이 자명하다.

피월려는 오히려 용안이 가장 심각한 상태였다는 것을 자각하는 깨달음을 통해 천마를 이룩했다.

그 와중에 역화검을 깨부숴 극양혈마공의 폭주를 한번 막아내었다. 그러나 역화검을 통해 신검합일을 이뤘고, 또한 검을 통해 심검을 이뤘기 때문에 그가 심검을 펼치려고 눈을 감을 때면 그의 손에는 항상 역화검이 보이게 되었다.

검을 들던 창을 들든 심지어 작은 침을 들어도 상관없었다. 그의 손에는 역화검이 있었고, 그는 역화검만 느낄 수 있었다.

그러니 그의 심상 세계에서 일어나는 일과 현실에서 일어나는 일에 차이가 발생한다. 그는 마음속에서 역화검으로 베고 역화검으로 찌르지만, 현실에서는 다른 것으로 베고 다른 것으로 찌른다.

마치 미래를 보듯, 적의 마음을 읽고 적의 움직임을 예상할 수 있는 심검.

하지만 피월려는 되레 자기 자신의 움직임을 정확히 이행할 수 없었다. 이렇게 극양혈마공은 끝까지 그의 발목을 붙잡고 놔주질 않았다.

그래서 내놓은 해결책은 잠깐씩 눈을 떠서 심상과 현실의 괴리를 깨닫는 것이었다.

임시방편이었지만, 단시월이나 낭파후는 이 편법으로도 쉬이 이길 수 있었다.

지마를 쉬이 이길 수 있으니 천마를 이룬 건 맞다. 이는 박소을도 직접 보장했다. 그러나 같은 천마와의 싸움이라면 어떨까?

이 결점이 천마급이기에 가지는 필연적인 결점이어서 다른 천마급들도 깨달음을 얻을 때 이런 식의 약점을 품게 되었다면 피월려도 아무런 문제가 없었다.

그건 천마급으로의 결점이 아니라 입신에 오르지 못했기에 생긴 결점이라 말할 수 있기 때문이다. 그러나 만약 이 결점이 피월려에게만 통용되는 것이라면, 같은 천마급과 비교했을 때 밀릴 수밖에 없었다.

대련을 거부한 박소을은 그 뒤 몇 마디 말만 했다. 요약하면 천마 안에서의 간격은 극도로 미세하기에, 그런 것에 너무 신경 쓰지 말고 그냥 입신의 길을 뚫어 먼저 입신에 오르면 그런 간격은 아무 의미가 없다는 것이다.

하지만 피월려는 생각이 달랐다. 박소을 본인이야말로 다른 천마급 고수를 모두 일 권에 사살한 장본인 아닌가? 천마 간의 간격이 미세하다면 그런 일은 없어야 한다. 오히려 피월려는 가도무의 말이 좀 더 신빙성이 있다고 봤다. 마공이기 때문에, 끝이 없는 계단을 올라가는 것처럼 한 걸음, 한 걸음 천천히 올라가야 한다고.

지금까지 의문으로만 품어왔던 점을 확인할 수 있는 순간이었다.

천마급에 오른 자기의 무위를 몸소 체험할 수 있는 첫 기회!

피월려는 신경 깊숙이 흐르는 긴장감을 은은하게 느끼면서, 현실의 상황에 집중했다.

사— 악!

그는 허리띠가 다시 그를 공격하기 전에 서둘러 눈을 감아 심검을 펼쳤다.

그런데 그의 예상과 다르게 허리띠는 피월려를 공격하지 않았고, 그대로 주인의 손에 돌아갔다. 그렇게 심심한 초식 교환이 되어버리자, 피월려의 투지도 조금 사그라들었다.

반미랑이 먼 거리에서 그에게 물었다.

"이상한 곳을 찌르는군요?"

들켰나?

피월려는 눈을 떠 심검을 거두고, 나름 태연하게 연기하며 말했다.

"반 부인의 연검 실력이 썩 나쁘지 않아 그랬소."

하지만 반미랑은 그런 거짓말에 속아 넘어가지 않았다.

"어떻게 내 공격을 피할 수 있었는지는 모르겠지만, 그로 인에 내 허리띠를 땅에 고정시킬 수 있는 좋은 기회를 얻었어요. 하지만 안 했죠. 이유가 뭐죠? 내가 여자라 봐주는 건 아니겠죠?"

의심을 받았지만, 이유는 모르는 듯하다.

피월려는 그럴싸한 이유를 댔다.

"선공하는 게 버릇이라, 나도 모르게 했소. 하지만 여자를 상대로 선공을 했다는 게 마음에 걸려서 한 번의 기회를 준 것이오."

반미랑의 눈빛이 더욱 차가워졌다.

"흥, 필요 없어요. 나중에 두말하지 말고 제대로 해요."

"안 그래도 그럴 생각이오. 설마 반 부인의 무공이 나와 같은 천마급인 줄은 몰랐소."

확신은 없었지만 한번 떠봤고, 반미랑은 순순히 인정했다.

"그래요. 나도 초절정고수이니 더 이상 봐주실 필요 없어요."

"좋소."

피월려는 그렇게 말하면서 눈을 감았다.

어둠이 찾아들고, 그 속에 적아(敵我), 둘만이 보였다.

피월려는 자기 손을 내려다보았다.

그곳엔 한낮 목검에 불과하던 그의 무기가 어느새 역화검으로 변해 있었다.

단순히 역화검으로 보이는 것뿐만 아니다.

손에 느껴지는 무게도 역화검이고, 내력을 흡수하는 것도 마치 역화검이다.

피월려는 손을 한번 훅 하고 휘둘러 땅을 베어보았다. 그러자 역화검은 그의 명령에 충실했고, 그가 원하는 부분에 확실히 검기를 쏘아 보냈다.

그러나 피월려가 눈을 뜨고 땅을 확인하니, 그가 쏘았던 부분보다 훨씬 위쪽에 그 검기 자국이 보였다.

그 광경에 실망한 피월려의 눈썹이 미세하게 흔들렸다.

역시나 달라진 것은 없다.

그는 호흡을 가다듬고, 서서히 극양혈마공을 달구었다. 소소를 연주함으로 얻는 빙정의 음기와 조화를 일으키는 극양혈마공의 마기는 완전히 태극음양마공의 마기라 할 수는 없었지만, 전처럼 극도로 폭주하는 성향의 불안전한 마기보다는 더 고요하고 얌전했다.

극한으로 몰고 가지 않는 한, 전과 같이 피월려의 심성까지 장악하는 일은 없을 것이다.

"목검이 손에 안 맞나요?"

반미랑은 피월려가 검기를 땅에 쏜 이유가 목검이 손에 안 맞아 그랬다고 생각했다.

피월려는 고개를 저으며 말했다.

"아니오, 다 적응했소."

"그럼 다시 시작할까요?"

"전에, 하나만 묻겠소. 혹 상옥곡의 무공을 익히셨소? 파도처럼 올라오는 연검이 인상 깊어 기억하고 있소만."

반미랑은 잠시 피월려를 지그시 보다가 이내 털어놓듯 말했다.

"내가 설누의 소식을 어찌 알겠어요. 다 연이 있어 아는 것이지."

아까 그녀가 말한 딸은 진설누인 것 같았다.

피월려는 단도직입적으로 말했다.

"상옥이셨군."

"중원에는 살마백으로 알려져 있는데……. 정말로 상옥곡에 방문했었군요?"

"어쩌다 그렇게 되었소."

반미랑의 눈에 짧은 슬픔이 감돌다가, 이내 한순간 얼음처럼 응고했다. 그 뒤에 남은 건 꽁꽁 얼어붙은 빙하의 한기뿐이었다.

"설누가 그런 가혹한 삶을 살게 된 책임이 파심마검에게도 없진 않아요."

본인이 직접 겪었기 때문에 반미랑은 그 가혹함을 잘 알았다.

여인으로서 견딜 수 없는 고통이 매일같이 찾아오는 지옥. 딸 생각만 하면 마음이 슬픔으로 미어진다.

"유감이오."

피월려의 목소리에는 조금의 진심도 없었다. 아니, 아예 진심이 없으려고 작정한 목소리였다.

슬픔이 분노로 바뀐 건 순식간이었다.

"일말의 죄책감조차 없는 목소리군요."

"내가 왜 죄책감을 느껴야 하오?"

"당신으로 인해 불행해졌으니까요."

"그렇게 말하는 반 부인도 린 매에겐 일말의 죄책감도 없는 것 같소만."

갑작스러운 질문에 반미랑이 꿀 먹은 벙어리처럼 멍하니 피월려를 보았다. 그러다 떨리는 목소리로 다시금 물었다.

"가, 갑자기 그게 무슨 소리죠?"

피월려는 자신의 생각을 설명했다.

"딸을 말하기에, 처음에는 린 매를 말하는 줄 알았소. 그러나 반 부인의 관심은 오로지 진설누에게만 있는 듯하오. 참고로 나는 진설린의 심장을 뚫은 장본인이고, 천마신교로 입교하게 만든 원인 제공자요. 그런데도 그에 관해서는 아무런 말도 없이 진설누에 대해서만 말하시기에 하는 소리요."

반미랑은 아미를 찌푸리며 물었다.

"린 아를 언급하지 않았다고 제가 죄책감을 느껴야 한다는 말인가요?"

"반 부인이 진정으로 살마백이라면, 진설린이 어린 시절 천음절맥으로 고생할 때 충분히 상옥곡으로 그녀를 데려가 천음절맥을 치료하는 무공을 익히게 할 수 있었을 것이오. 그럼에도 그 시기를 놓친 건, 매우 이상해서 말이오. 의도적이었다고밖에 볼 수 없소. 게다가 진설누가 상옥이 되었다는 사실에는 이리도 민감히 나오니……."

피월려는 말끝을 흐렸다. 반미랑의 몸에서 뿜어지는 살기의 농도가 너무 짙어, 당장에라도 살초를 펼칠 것 같은 수준이었기 때문이다. 만반의 준비를 하기 위해서 말을 하고 있을 순 없었다.

다행히 반미랑은 갑자기 공격하거나 하진 않았다.

"사정을 모르는 외인 주제에 함부로 말하지 마세요."

"……"

"비무를 계속할까요?"

"뭐, 좋소."

말이 끝나기 무섭게 무언가 그에게 빠르게 날아왔다.

매서운 검기.

허리띠로 펼쳤다고 믿기 어려울 정도로 날카로운 검기였다.

비무를 계속하자면서 생사혈전을 시작한 반미랑. 그녀는 적당히 끝낼 생각이 없는 것이 분명했다.

피월려는 도저히 막을 수 없다는 것을 즉시 알았지만, 피한다면 그 뒤에 무엇이 도사리고 있을지도 장담할 수 없었다.

피월려는 반미랑과 같은 선택을 했다.

유령처럼 뒤로 서서히 물러나는 피월려의 신체는 움직임의 시작도, 연결 동작도 없었다.

그저 서 있는 그 상태 그대로, 빙판 위에 미끄러지듯 움직였다. 하나 반미랑은 보법을 밟으며 나아갔기 때문에, 필연적으로 신체가 상하로 움직이며 다시 한번 발돋움을 해야만 피월려를 따라갈 수 있었다.

탁.

반미랑의 발이 땅에 닿았을 때, 피월려의 몸이 급변했다.

휘이잉!

거센 바람을 일으키며, 피월려의 상체가 돌아감과 동시에 그의 손아귀에 쥐어진 목검이 매섭게 솟구쳤다.

반미랑은 몸을 깊게 숙이며 허리띠로 피월려의 발을 공격하려 했다.

회전 운동을 위해서 발을 중심으로 삼았다면, 그 발을 공격함으로 움직임 전체에 무리를 가하려는 것이 그녀의 생각이었다.

그러나 그녀는 땅에 닿아 있는 피월려의 발을 찾을 수 없었다.

놀랍게도 피월려의 왼발은 상당히 높은 공중에 있었고, 오른발은 이미 아래로 찍듯 내려오고 있었다.

단순히 좌우로 회전한 것이 아니라, 상하의 회전까지도 같이 한 것이다.

반미랑은 자기가 발을 공격하겠다고 마음을 먹기도 전에 이미 피한 피월려의 움직임이 우연이라는 생각을 머릿속에서 지울 수 없었다.

하지만 그를 따라다니는 수식어인 심검이 사실이라면, 그건 우연의 결과가 아니라 치밀한 계산의 결과이기에 다시 나오지 말란 법이 없었다.

반미랑은 우선 왼팔을 들어 피월려의 오른발을 쳐냈다.

팍!

기가 담긴 두 신체가 부딪치며 마치 딱딱한 나무끼리 부딪친 것 같은 둔탁한 소리가 울렸지만, 피월려와 반미랑은 그 소리가 귀에 도착하기도 전에 서로의 역량을 기의 교환으로 느꼈다.

피월려는 반미랑의 고요하고 차분하지만 극도로 진한 살기에 놀랐고, 반미랑은 마공이라 믿을 수 없을 만큼 음양이 조화로우면서 부드러운 피월려의 내력에 놀랐다.

고요한 내공일 줄 알았더니, 극도로 살기 어린 패공(敗功)이다.

광포한 마공인 줄 알았더니, 극도로 부드러운 심공이다.

서로에 대한 둘의 생각이 일순간 변했고, 이는 태도의 변화로 이어졌다.

반미랑은 장공을 펼치면서 왼팔에 넣은 내력을 장력으로 쏟아내었다.

퍼— 엉!

피월려의 코앞에서 터진 장풍은 허무하게 허공을 지나갔다.

오른발에 담긴 내력으로 다리를 끌어당기며 믿을 수 없는 원심력을 품은 피월려는 마치 넓은 원반같이 공중에서 돌고 있었던 것이다.

그 회전 속에서 길쭉한 무언가가 반미랑의 머리로 향했다. 반미랑은 무의식적으로 고개를 숙이면서 뒤로 물러났는데, 그때쯤 피월려가 왼쪽 다리로 땅을 짚었다.

반미랑은 그 순간을 놓치지 않고 허리띠에 전신내력을 쏟아 앞으로 찔렀다. 하지만 그대로 회전을 멈출 줄 알았던 그녀의 예상과는 다르게 피월려의 몸이 오히려 더 세차게 돌았다.

이번에도 길쭉한 무언가가 반미랑을 향했는데, 이번에는 전과 다르게 피월려의 몸에서 쏟아지듯 나왔다. 내력을 잔뜩 품은 그 목검은 피월려의 원심력을 그대로 받아 너무나도 빠른 속도로 반미랑을 향해 날아온 것이다.

전신내력을 뿜던 도중이라, 차마 완전히 방어할 수 없었던 반미랑은 온몸의 균형이 무너지는 것을 각오하면서 그 검을 피해냈다.

그러나 그 대가로 상체가 땅에 곤두박질쳤고, 그 와중에도 반미랑은 땅을 손바닥으로 차내면서 다시금 중심을 잡으려 했다.

두 손이 시야를 가린 것은 그때였다.

"꺅!"

반미랑의 양쪽 머리를 부숴버릴 듯 붙잡은 피월려의 양손에 담긴 내력은 상상을 초월할 정도였다. 반미랑 본연의 내력

이 겨우겨우 저항했지만, 피월려의 악력 자체를 어쩌진 못할
수준이었다.

"갑자기 전신내력을 뽑아내다니……. 그것도 마음을 읽는
심검을 상대로 말이오. 도저히 이해할 수 없군."

정신이 혼미해지는 것을 느끼며 눈꺼풀이 뒤집어질 때쯤 피
월려는 그녀를 옆으로 집어 던졌다. 갑자기 자비가 생긴 것이
아니라, 그에게 쏟아지는 비와 같은 검기를 피하기 위해선 몸
을 가볍게 해야 했기 때문이다.

도합 이십 개가 넘어가는 검기를 모조리 피해낸 피월려가
그 검기를 쏘아 보낸 장본인에게 물었다.

"솔직히 반 부인으로 방패막이를 할까 고민하다 피해준 것
이니, 감사해야 할 것이오. 남편 손에 죽으면 너무 억울하지
않겠소?"

황룡검주 진파굉은 이글거리는 눈빛으로 피월려를 쏘아보
았다.

"나는 그녀의 남편이 아니고 시숙이다."

"아, 그랬지. 잠시 착각했소."

"……"

내연 관계를 비꼬는 그 한 수는 수많은 분노의 말을 쏟아내
려고 했던 진파굉의 입을 틀어막아 버렸다. 그가 다시금 입을
열기 전에 피월려가 또다시 선수 쳤다.

"보시다시피, 나는 내 전속대원 한 명만 대동하고 이곳에 왔소. 무력 공세로 무작정 황룡무가를 굴복시키려는 것이 아니오. 단지 황룡검주와의 비무를 원했을 뿐이오."

진정하고 주변 상황을 보니 확실히 피월려의 말이 옳았다. 즉, 전쟁이 아니고 쌍방 간의 합의 안에서 이뤄진 비무인데, 이를 진파굉이 방해한 것이다.

피월려는 얼마든지 이를 꼬집으면서 진파굉의 체면을 깎아내릴 수 있었지만 그러지 않았다. 대화를 원했기 때문이다.

이를 이해한 진파굉은 냉정을 되찾았다. 그리고 판단을 내리자, 자기가 성급히 행동했다는 것을 인정하지 않을 수 없었다.

오대세가의 수장으로서 아무리 노련한 그라도 인간인 이상, 사랑하는 사람이 죽을 상황에 이르자 끝까지 바른 판단을 내릴 수 없었던 것이다.

피월려의 말대로, 그녀를 방패막이로 활용했을 수도 있다. 다짜고짜 검기를 쏟아낸 진파굉의 판단은 그 정도로 잘못된 것이었다.

그리고 더 심한 건 그런 잘못된 판단을 내렸음을 피월려에게 들킨 것이다.

또한 반미랑을 향한 진파굉의 애정이 그의 판단을 그르칠 만큼 크다는 반증이기도 했다.

이 모든 것을 깨달으니 더더욱 후회가 몰려왔다. 진파굉은 짐짓 아닌 척 무표정을 유지하면서 입을 뗐다.

그러나 그 속에서 흘러나온 목소리는 이상하리만큼 건조했다.

"흑에 속한 그대와 백에 속한 내가 단순히 비무장을 날린다고 비무가 성사될 거라 생각하는가? 나는 이 가문 전체를 책임지고 있는 사람이다. 그런 단순한 편지로 이뤄질 일이 아니고, 이렇게 갑자기 쳐들어와 난동을 부려도 성사될 것이 아니다."

피월려가 집어치우라는 듯한 손짓을 했다.

"됐소. 싸울 거요, 말 거요?"

"……."

"나 같은 무식한 마졸은 백도의 사정 따윈 알고 싶지도 않소. 본 교의 법칙에 익숙하니 본 교의 법칙대로 할 뿐이오. 싸울 거요, 말 거요?"

"심검마라는 별호를 가진 자가 무식한 마졸이라니 세상이 웃을 일이군. 심검마의 심계는 백도에서도 따라올 자가 극히 드물지."

"그래서 싸울 거요, 말 거요? 지금 세 번째 묻는 것이오."

진파굉의 냉철한 이성은 싸워서 얻을 것이 없다는 것을 끊임없이 말했다.

하지만 모든 황룡무가의 무인들이 지켜보는 이 자리에서 물러날 순 없었다.

입신에 오른 진파진이 죽고 마교의 아래에 들어가는 진파꿩의 모습을 보며 많은 황룡무가의 무인들이 실망했었다. 충심이 남달라, 가문을 떠나는 극단적인 선택을 한 무인은 없었지만 무림맹이 코앞에 설립되면서 흑도로부터 자유로워진 지금에도 마교에게 고개를 숙인다면 정말로 황룡무가를 떠나는 선택을 할지도 몰랐다.

진파꿩은 하늘을 올려다보더니 광소했다.

"크하하. 싸우지 않을 거면 애초에 무림맹에서 여기까지 전력 질주 하지 않았다. 가문의 수장임을 떠나 나도 한 사람의 무인이다. 이는 여기 있는 모든 황룡무가의 영웅들도 이해할 것이다."

그의 말이 끝을 맺자, 많은 황룡무가의 무인들의 눈에 생기가 돌았다.

최근 들어 그들 사이에서 황룡무가를 등지고 새로운 둥지를 찾자는 목소리가 은연중에 퍼지는 와중이라, 모두의 마음이 흔들리고 있었다.

가문을 지킬 줄 아는 좋은 지도자이나, 자존심까지 지킬 수 있는 좋은 무인은 못 된다는 평가! 이는 마교에게 숙이고 들어간 결정에서 비롯된 것이었다.

그런데 여기서 만약 진파굉이 무인으로서의 모습을 각인시 킨다면 그런 논란을 일시에 불식시킬 수 있을 것이다.

피월려는 빙그레 웃었다.

"좋소."

진파굉은 옆 무사에게 말했다.

"목검을 가져와라."

옆 무사는 즉시 목검을 대령했고, 진파굉은 목검을 손아귀 에 쥐고 아직 숨을 고르고 있는 반미랑에게 다가갔다. 피월려 에겐 들리지 않는 작은 소리로 몇 마디를 주고받고는 피월려 앞에 서서 대치했다.

피월려는 툭하니 말했다.

"후배라고 기다리실 필요 없소."

진파굉은 전혀 머뭇거리지 않았다.

"그럼 선수하지. 지진(地震)."

진파굉이 목검을 땅에 찔러 넣자, 그 주변 땅이 흔들리며 흙먼지가 폭사되었다. 순간 중심을 잡기 어려웠던 피월려는 그 시야조차 확인할 수 없자, 서둘러 눈을 감고는 심검을 펼 쳤다.

먼지 속에서 폭사되는 검기는 도합 열이 넘어갔다.

피월려는 전 황룡검주인 진파진이 초식을 펼친 걸 본 기억 이 났다.

그때의 위력에는 한참 미치지 못하지만, 그 형태는 매우 비슷했다. 진파굉 본인도 입신의 경지가 아니고, 또한 황룡검이 아닌 목검으로 펼치자 그 위력이 반감된 것이다.

피월려는 몸을 놀려 모든 검기를 손쉽게 피해냈다.

머리로 날아오는 검격.

피월려는 자기의 목검을 들어 막았다. 검을 검으로 막는 건 피월려가 선호하는 방법은 아니지만, 서로의 역량을 파악하기엔 그보다 더 좋은 방법이 없었다.

탁.

목검 간의 검격으로 그 속에 담긴 내력이 크게 부딪쳤다. 그 순간 피월려도 진파굉도 서로의 내력이 무시할 수 없는 수준인 것을 깨닫고는 몇 차례 검격을 더 주고받았다.

주하, 단시월, 반미랑, 그리고 황룡무가의 무인들은 눈을 깜박이지도 않으며 그들의 검세를 지켜보았다. 아무리 비무지만, 초절정 간의 싸움을 보며 얻는 깨달음은 평생 다시 오지 않을 정도로 귀한 것이다.

그리고 실제로 그들의 표정은 시시각각 변하고 있었다.

목검으로 검격을 교환하다 보니 다소 느렸기 때문에, 검격 하나하나에 담긴 위력과 심계 등등 자기들이 차마 알지 못했던 부분들을 하나하나 볼 수 있었기 때문이다.

심심한 교환은 꾸준히 계속되었고, 시간이 지날수록 점차 정형화되기 시작했다.

목검에 담을 수 있는 한계치는 검기. 검강을 내뿜지 못하고 치명적인 상처를 낼 수 없는 지금과 같은 상황에서 두 초절정의 고수가 맞붙는다는 건 두 범인이 서로 달걀을 던져가면서 싸움을 하는 것과 진배없었다.

충분한 시간을 끌었다고 생각한 피월려는 주하를 흘끗 보았다.

그 정도로 여유가 있는 싸움이었다. 주하는 그 시선을 받고 아무도 모르게 고개를 살짝 끄덕였다. 피월려는 이제 싸움을 끝내야겠다고 생각하며 금강부동신법을 극한으로 펼치면서 진파굉의 품 안으로 들어섰다.

진파굉은 그때를 놓치지 않고, 크게 외치며 검을 뒤로 가져갔다.

"승천(昇天)!"

검이 반월을 그리며 아래에서부터 올라오는데, 그 검이 주변에 두른 바람이 마치 폭풍과도 같았다. 피월려는 붕 떠오르는 기분을 느꼈고, 발이 지면에서 떨어지는 것을 멈출 수 없었다.

그렇게 타의에 의해서 순간 공중에 떠버린 피월려는 진파굉의 검격을 피할 수 없었다.

하지만 심검으로 이를 이미 예견한 피월려는 원래 피할 생각을 하지 않았다.

그는 모든 내력을 목검에 집중하여 진파굉의 머리를 향해 휘둘렀다.

너무나 빠른 속도라 목검이 뒤로 부러지는 것을 방지하기 위해 어기충검을 극한으로 펼쳤고, 내력의 움직임이 비교적 자유롭지 못한 피월려의 기혈은 그만큼 큰 충격을 받아 너덜너덜해지기 일보 직전까지 갔다.

그럼에도 이 수를 펼친 건 간단하다. 동귀어진의 수이기 때문이다.

그 수를 피하기 위해선 뒤로 물러나는 수밖에 없는데, 그러면 피월려를 공격할 수 없다. 즉, 공격할 거면 머리를 내줘야 한다.

단순 비무에서 동귀어진을 과연 할까? 피월려는 그렇지 않을 거라 생각했다.

하지만 진파굉의 검세는 전혀 수그러들지 않았다. 오히려 그 기세가 더욱 거세게 변하면서 그 또한 그의 목검에 기를 집중했다.

아니, 금빛으로 빛나려는 것이 단순 기가 아니라 강기를 집어넣은 것이 분명했다. 목검에 강기를 넣을 때까지 목검이 터지지 않다니?

진파굉의 황룡환세검공이 얼마나 고도의 검술을 기반으로

한 검공인지 그 깊이를 짐작하기도 어려웠다. 상식을 뛰어넘는 수준의 기본기. 백도의 무공이 그래서 무섭다.

왜 그런 선택을 했나?

머리가 날아가 버릴 것이 자명한데?

피월려는 용안으로 생각을 가속하여 이유를 찾아냈다.

머리가 안 날아가니 그렇지.

반미랑이 마지막에 본인이 뻔히 질 것을 알면서 전신내력으로 공격한 이유는 진파굉이 가까이 왔다는 것을 알고 한 것이다.

그에게 자기가 패배하는 모습을 보여주어 체면을 무릅쓰고 직접 피월려를 맞상대하게끔 하기 위함이다.

그래서 비무에서 이겨, 진파굉으로서의 입지를 높이려는 것이다.

그건 진파굉이 피월려를 이긴다는 보장이 있어야 한다.

진파굉과 비무하기 바로 직전, 반미랑과 진파굉은 작은 목소리로 몇 마디를 주고받았다.

그때 반미랑은 피월려의 심검의 약점을 파악하고 진파굉에게 알려준 것이 아닐까?

파악하지 못했다하더라도 그때 눈치챈 것을 넌지시 일러주어, 진파굉으로 하여금 비무를 통해 확인하게 만들었을 수도 있다.

수많은 검격이 교차한 지금 진파꿩은 피월려의 심검의 약점을 알았을 수도 있다.

　피월려의 검격이 그가 의도한 것과 다르게 움직인다는 것을 말이다. 그렇다면 지금 어기충검으로 검기를 잔뜩 머금은 피월려의 목검은 아마 진파꿩의 머리를 맞추지 못할 가능성이 있다.

　심검 속에서 피월려는 그렇게 믿지 않았다. 피월려가 내린 모든 판단은 진파꿩의 머리를 맞출 수 있다는 점에서 출발한다.

　그렇기에 진파꿩도 피월려의 판단을 읽고 피월려의 검격이 자신의 머리를 칠 것이라고 믿을 것이다.

　하지만 이 모든 것은 두 사람의 믿음!

　현실이 어찌 될지는 아무도 모른다.

　초절정의 검격은 보고 피하면 늦는다. 따라서 전부 기(氣)와 감(感), 그리고 상대방의 행동으로 유추한 판단으로 그 위치를 가늠하는 것이다.

　다시 말하면 피월려도, 진파꿩도 피월려의 목검을 실제로 눈으로 보고 있지 않다.

　유추한 것뿐.

　그렇다면 그들이 믿는 목검의 위치와 실제 목검의 위치는 다를 수 있을 터.

그래서 못 피할 것 같아도 그냥 한번 피해본다?

판단이 틀리면 머리가 터지는데?

그건 너무 도박이다.

하지만 그런 도박을 과감히 하는 게 초절정.

절정과 다른 점이 바로 그것 아닌가?

진파쾽이 내린 판단은 과감히 동귀어진하는 것이다.

피월려의 마음속에는 또 다른 목소리가 떠올랐다.

만약 맞으면?

약점을 알아내고, 도박을 하고……. 그런 생각들이 그냥 틀린 생각이면?

진파쾽이 그냥 머저리라 공격하는 것이면?

모를 거야.

그냥 쳐봐라.

어떻게 될지 누가 아냐?

해봐.

왜 벌써 포기하려 해?

피월려는 단호하게 생각을 접었다.

그리고 패배를 인정했다.

피월려의 몸에서 검붉은빛이 일렁이더니 곧 사방으로 폭사했다.

호신강기(護身罡氣)!

반탄지기를 강기로 펼친 것으로 사방에 강기를 폭사하여 전 방향으로 강기를 때려 넣는다.

그러나 전 방향인 만큼 내력의 소모가 극심하고 조금만 거리가 있어도 그 밀도가 극도로 반감되어 그 위력이 없다시피 하다.

간단히 거리만 살짝 벌리면 될 일이지만, 그것을 무조건 강요하는 것이 호신강기의 목적이다.

진파굉은 몸을 뒤로 훌쩍 뛰면서 검격을 멈췄다.

그러자 밖으로 빠지지 못한 강기가 목검 속에서 맹렬히 돌다, 이내 그것을 먼지로 화해 버렸다. 황금빛이 폭사된 후, 회색빛의 재가 돼 버린 목검의 반은 땅에 흩뿌려졌고, 나머지 반은 바람에 휘날렸다.

피월려의 검도 마찬가지. 다른 점이 있다면 피월려의 입가에서 끊임없이 붉은 선혈이 흘러내렸다는 것이다. 그는 곧 참지 못하고 땅에 주저앉아 피 한 바가지를 토해냈다. 어기충검을 펼치다 호신강기까지 일으켰으니, 전신의 혈맥이 작살난 건 어찌 보면 당연하다.

검이 박살 난 지금 시점에서는 누가 보아도 황룡검주 진파굉의 승리.

그는 승자의 눈빛으로 피월려를 내려다보며 조용히 말했다.

"지친 자를 상대로 이겼으니 자랑은 아니지. 하나 약조는

약조. 심검마는 황룡무가에서 나가시오."

피월려는 입을 거칠게 닦고는 한동안 숨을 들이켜며 몸 안 팎으로 폭발할 것같이 흥분한 기혈을 진정시켰다. 과거 극양 혈마공의 폭주와 비교할 수준은 못 되나 그렇다고 초절정고 수와 비무를 지속할 순 없었다.

"하아… 하아……. 뭐, 인정하겠소. 나가 드리지. 나름 재밌 던 한판이라 후회가 없어 다행이군. 근데 정말 순순히 보내주 는 거요?"

진파굉은 비겁하다는 듯 얼굴을 찡그렸다.

"무인끼리의 비무에 백운회 태위를 주렁주렁 달고 온 건 심검마 본인이시오. 무인으로서 수치스럽게 여겨야 할 것이 오."

피월려는 숨을 몇 번 들이켜더니 곧 자리에서 일어났다.

"흑도엔 그런 거 없소. 하여간 잘 싸웠으니, 그만 가보겠소. 다신 이곳에 올 이유가 없겠군."

피월려가 걷자, 그 옆에 주하와 단시월이 따라붙었다. 막 나 가려는데, 진파굉이 그를 불러 세웠다.

"잠깐."

피월려가 멈추고 그를 돌아보았다.

그러자 진파굉이 날카로운 눈빛으로 그를 뚫어지게 보다 곧 말을 이었다.

"일부러 이 자리까지 와서 약점을 노출한 이유가 무엇이오? 내가 다른 백도의 고수들에게 이를 말하지 않을 거라 생각하면 큰 오산이오."

피월려는 한쪽 입꼬리를 올리며 말했다.

"적에게 약점을 보여주지 않는다면 어떻게 극복하겠소."

"쉬이 죽을 것이오."

"무의 끝인 입신에 오르지 못한다면 그냥 죽는 게 낫지."

"……"

피월려는 고개를 돌려 발걸음을 옮겼다.

진파굉은 피월려의 뒷모습이 완전히 사라지고 나서도 한참 동안 피월려가 나간 쪽을 바라보았다. 진파굉의 눈빛에는 알 수 없는 감정이 요동치고 있었다.

그가 중얼거렸다.

"패배의 수치와 약점의 노출도 그저 위를 향한 발판뿐이라는 건가. 자유롭군……. 하! 혹도가 부러울 줄이야."

황룡검주라는 중압감은 항상 진파굉의 어깨를 짓누르고 있었다.

혹도가 부럽다고 생각할 줄은 꿈에도 몰랐던 그는 스스로에게 웃음이 났다.

비겁한 술수도 없이 비무에 임한 피월려의 자세에도 작지만 분명한 감명이 있었다.

"큰일입니다!"

그때, 급한 목소리로 외치는 무사의 말에 진파꿩이 물었다.

"무슨 일이냐?"

"새로운 화로의 도면이 도난당했습니다."

"뭐, 뭐라? 도난? 도난이 확실하더냐?"

"예. 침입자가 있어, 다섯이 부상을 입었습니다. 비무를 틈타 움직인 것 같습니다."

그의 눈빛은 엄청난 분노로 가득 차기 시작했다.

"그것인가! 간사한 놈!"

진파꿩의 마음속에 작게 돋아났던 감명은 새싹 하나 틔우지 못하고 말라비틀어졌다.

*   *   *

"도면을 훔쳤다? 필사(筆寫)가 아니라?"

낭파후의 옅은 눈주름이 살포시 흔들렸다. 마차가 흔들렸기 때문인지, 아니면 그의 심경에 변화가 있었기 때문인지는 알 수 없었다.

"경계가 생각보다 삼엄했습니다. 제일단으로는 도저히 성공할 수 없다 보았습니다. 잠입하여 몰래 도면을 필사한 뒤 다시 은밀히 복귀하는 것이 임무인데, 그 시작인 잠입조차 불가능한 지경이었습니다."

제일대 제일단은 비도혈문에서 입교한 무영비주들이다. 일단주인 혈적진을 필두로 셋이 더 있었다.

그럼에도 혈적진이 아니라 낭파후가 일을 보고하는 이유는 일의 전체적인 그림을 그린 것이 낭파후였기 때문이다. 그는 마조대 개봉단장 시절의 경험으로 어떠한 계획의 틀을 잡는데 있어 젊디젊은 혈적진보다 월등했다.

그 정도의 인원임에도 실패했다. 피월려의 어조가 조금 높아졌다.

"그래서 내가 시선을 끌었지. 빈말이 아니고, 내 목숨도 걸었소. 근데 못 했다고?"

낭파후는 천천히 그의 입장을 설명했다.

"그래서 더욱 못한 것입니다. 만약 잠입했다가 들킨다면 대주님을 걸고넘어져 순순히 보내주지 않았을 겁니다. 감히 그런 결정을 내릴 수 없었습니다."

피월려는 불만족스럽다는 듯 표정을 찡그렸다.

"그러고 보니 처음부터 내가 나서는 것을 반대하지 않았소?"

"말씀드렸다시피, 이번 임무보다는 대주님의 목숨이 더 중하다고 생각했기 때문입니다. 방법에 대해 자세히 명을 내리지 않으신 이상 제 뜻대로 일을 진행한 것이고, 그렇기에 이는 불복이 아닙니다. 또한⋯⋯."

"또한?"

잠시 머뭇했으나, 낭파후는 내심을 말했다.

"대주님의 개인적인 호승심 때문에 대주님의 판단이 흐려졌다고도 생각했습니다. 그래서 명령을 최대한 어기지 않으려 내린 결정이 대주님이 비무를 끝내시고 나오는 그때를 노려 탈취하는 것이었습니다."

"비무가 시작한 시점이 아니라 끝나는 시점에 잠입했다? 애초에 필사하는 시간을 생각지도 않고 투입한 것이군. 아마 지금쯤 황룡무가는 우리가 도면을 탈취했다는 걸 알았을 것이오."

"신속함을 요했기에 은밀함을 포기할 수밖에 없었습니다. 부족한 제 머리로 재량(裁量)하여 심기를 흐린 점, 송구합니다. 그러나 대주님의 목숨을 위험에 빠뜨리게 할 순 없었습니다."

솔직한 발언이다. 굳이 가서 억지로 비무를 한 이유는 그가 천마급 무공을 스스로 실감하고 싶었던 것인 점도 있었기 때문이다.

피월려보다 십 년 이상의 세월을 산 낭파후의 어법은 사람의 기분을 상하지 않게 하면서도 자기의 주장을 정확히 피력하는 힘이 있었다.

피월려가 말했다.

"나도 이기적인 결정이었다는 걸 인정하오. 따라서 탈취할 수밖에 없었던 것도 이해하겠소."

"……."

"어찌 됐든 본 교에서 새로운 화로의 도면을 훔쳤다는 걸 알았으니, 이제 황궁과 백도에서 어떤 움직임을 보이겠지. 낭대원은 그 부분에 집중하시오."

낭파후는 품속에서 전갈을 꺼내 피월려에게 주었다.

"이미 전부 적었습니다."

신속한 일 처리에 피월려는 솔직히 놀랐지만, 티를 내지 않으며 그것을 받아 들어 펼쳐보았다.

"아마 탈취한 것은 쓸모없을 것이오. 그쪽에서 새로운 인장을 만들어 버리……."

보고서에 눈이 빼앗긴 피월려는 차마 하려던 말을 이을 수 없었다.

그 보고서에는 그가 순간 생각한 부분이 모두 들어 있음과 동시에 그보다 더 깊은 수준의 대책이 간구되어 있었기 때문이다.

그는 다시 낭파후에게 전갈을 건네주었다.

"적현의 도움 없이는 제일대 단독으로 어차피 불가능하겠군. 일단 제육대에 줘서 그쪽 사람들의 생각을 듣고 싶소."

"그쪽에도 이미 하나 보냈습니다."

"……"

"아마 곧 답신이 있을 겁니다."

피월려는 머쓱하게 그 전갈을 다시 품에 갈무리했다. 그리고 그의 옆에 있던 류서하에게 고개를 돌리면서 낭파후에게 말했다.

"수고했소."

"그럼 가보겠습니다."

"아니, 여기 있으시오."

"예?"

피월려는 계획을 세우고 일대원들에게 명을 내리는 데 있어 각각 독립적인 방법을 선호했다.

서로 공조하는 일이 아니라면 일대원들은 서로가 하는 일에 대해서 전혀 알지 못했고, 따라서 낭파후는 자기 일이 아닌 이상 나가려 한 것이다.

피월려가 말했다.

"연결되는 일이오. 낭 대원도 듣고 의견을 말해보시오."

"아, 예."

낭파후는 뜻밖의 말에 어리둥절해하며 류서하를 돌아보았지만, 그녀는 피월려를 주시할 뿐이었다.

"류 대원, 일은 어떻게 됐소?"

"하북팽가에서 수락했어요. 그러나 부담스러운 조건이 있어요."

"무엇이오?"

"제조하려는 화폐의 금은을 모두 천마신교에서 조달하되, 제조된 모든 금자와 은자 중 이 할을 제조비로 받겠다는 부분이에요."

"그 뜻은 천마신교의 금은의 이 할을 달라는 것과 진배없소."

"그렇죠."

"애초에 제시한 일 할만 가져도 이미 하북팽가의 그릇에 차고 넘치지 않소? 그 이상 욕심을 내서 무엇을 하겠다는 것인지. 어차피 폐전통자가 이뤄지면 하북팽가에서도 금전과 은전을 제조할 수 없을 터인데."

"금자와 은자를 제조하는 것 자체는 법에 어긋나는 것이 아니지만, 황제와 반목한다고 공표하는 것과 다름없어요. 하북팽가는 그런 위험을 감수하는 대가로 이 할의 제조비를 달라는 것이죠."

"위험을 감수하는 거라면 본 교의 고수를 파견할 수 있소. 왜 돈으로 달라는 것이오? 돈으로 황제로부터의 위협을 어떻게 해결하려고?"

"무림에 또 하나의 길이 생겼다는 걸 모르시진 않겠지요?

백도도 아니고 흑도도 아닌 황도. 철저하게 자금(資金)의 논리로, 무림과 상종하지 않았던 권문세가와 황궁조차도 섬기는 무인들이죠. 하북팽가는 아마 그런 식으로 무력을 기르려는 생각이 아닐까요?"

"글쎄, 무림인들이 황궁에 속하기 시작한 건 분명 새로운 흐름이나, 하북팽가와 같은 거대 가문에서 돈으로 무사를 사 무력을 불리는 일이 같은 흐름이라 볼 수 없소. 법을 등 위에 얹고 황제의 이름으로 검을 휘두르는 게 아니지 않소? 어떻게 보면, 그저 이익을 추구하는 많은 흑도의 문파들과 비슷한 일을 하는 것뿐이오."

"그럼 그들은 흑도의 길을 걸을 준비를 한 것이겠지요."

"무사를 직접 양육하는 게 아니라 돈으로 사는 거라면…… 확실히 백도라기보단 흑도의 방법이지."

가만히 대화를 듣고 있던 낭파후가 말을 얹었다.

"금자와 은자를 만드는 새로운 화로를 하북팽가에 만드실 생각이십니까?"

피월려가 고개를 끄덕였다.

"그렇소."

"왜 본 교에서 따로 만드실 생각은 안 하신 겁니까? 본 교의 세력권에도 화폐발행권을 가진 권문세가가 있을 것이고, 본 교와 친분이 있는 곳도 있을 겁니다."

사실 그의 말이 맞다. 안전하게 천마신교의 세력권에다가 그런 화로를 만들어도 되긴 한다.

하지만 피월려가 그렇게 하지 않음은 최대한 본부의 영향에서 벗어나고 싶었기 때문이다. 본부, 정확하게 말하면 교주와 반목하는 피월려는 그녀 지배권 아래 새로운 화로를 둘 순 없었다.

이 사실을 낭파후에게 그대로 말할 수는 없다. 낭파후는 마조대 출신으로 교주를 향한 충심이 남다른 사람이다.

교주의 사람에게 교주와의 불편한 관계를 말할 순 없지 않은가?

피월려는 적당한 핑곗거리를 댔다.

"나중에 발각됐을 때를 생각해야 하오. 본 교의 영향에서 자유로운 권문세가에 만들어야 꼬리를 끊기 쉬울 것이오. 그래서 저 머나먼 북동쪽에 위치한 하북팽가를 고른 것이오."

다행히 낭파후는 그 이유에 수긍하는 듯했다.

"흐음… 그러한 이유라면 하북팽가만큼 좋은 데가 없긴 하군요."

"걸리는 것이 이 할의 조건인데……. 들어주기엔 사실 너무 크긴 하오."

"그보다 더 중요한 것이 있습니다. 정말로 그들을 믿을 수 있겠습니까?

피월려가 류서하에게 물었다.

"류 대원이 보긴 어떠하오? 그들에게 도면을 주어도 될 듯하오?"

류서하가 말했다.

"폐전통자로 인해 화폐발행권이 사실상 박탈당할 위기입니다. 그들에게도 세를 유지하기 위해선 받아들여야만 하는 것이지요."

"흐음… 대주님."

"말하시오."

"제가 한번 가보겠습니다."

"가보겠다니, 하북까지 직접 가서 말을 해보겠다는 것이오?"

"예. 그러니 협상의 전권을 주십시오. 꼭 성사시키겠습니다."

"그건 내가 아닌 박 총주께서 줄 수 있소. 천마신교의 금과 은을 가져다가 금자와 은자로 만드는 일이니 굉장히 큰 사안이오."

"그럼 제가 직접 설득하겠습니다."

"박 총주님을 말이오?"

"예."

"……"

"맡겨주십시오."

피월려는 짐짓 기분이 좋아진 척하며 고개를 여러 차례 끄덕였다.

"사실, 원래 맡기려고 했기에 이 자리에 있으라는 것이었소. 그런데 이리도 선뜻 먼저 하겠다고 하니, 마음이 놓이오."

"저도 제가 잘하는 일을 하고 싶습니다."

피월려는 류서하를 돌아보았다.

"명이오. 류 대원은 이 일에서만큼은 낭 대원의 지휘에 따르도록 하시오. 낭 대원은 임무 수행 중 틈틈이 내게 보고하시고, 이번 탈취 사건으로 인해서 생기는 백도와 황도의 움직임은 내가 알아서 상대하겠소."

"존명."

"존명."

"낭 대원, 자리 좀 비켜 줄 수 있소?"

낭파후는 고개를 숙였다.

"존명."

짧게 인사한 그는 달리는 마차에서 문을 열고 훌쩍 뛰어내렸다.

그럼에도 한 치의 흔들림 없이 땅에 착지하고는 몸을 탁탁 털었다.

그의 옆에서 말을 몰아세운 단시월이 방긋 웃으며 그에게 뭐라 말을 하는 것을 끝으로, 류서하가 마차의 문을 닫아 더는 볼 수 없었다.

류서하가 말했다.

"다른 명이 있으세요?"

"명은 아니고, 물어볼 것이 있어서 그렇소."

"무엇이죠?"

"황룡무가에서 진설린의 친모인 반미랑 부인과 비무를 했었소. 그런데 반 부인의 무공이 전에 류 대원이 펼쳤던 검공과 유사하여 혹 상옥이 아닌가 물었소만."

"그녀가 뭐라고 대답했죠?"

되묻는 류서하의 목소리와 표정에는 개인적인 감정이 담겨 있는 듯했다.

그녀가 이미 반미랑을 알고 있다는 의미다. 피월려는 반미랑이 얘기한 어떤 사연이 있다는 것이 바로 반미랑과 상옥곡의 사이에서 벌어진 일이라는 것을 눈치챌 수 있었다.

"대답은 없었소. 다만 사연이 있다 했을 뿐. 그 일이 무엇인지 궁금하오."

"상옥곡과 반미랑 사이의 일이 왜 피 대주님의 관심을 끌었는지 모르겠군요."

"천음지체로 고통받은 진설린의 과거사를 알기 때문이오. 황룡무가에서 전 중원을 수소문하다가 찾은 것이 상옥곡인데, 너무 늦게 찾는 바람에 류 대원처럼 상옥곡의 무공을 익힐 수 없어서 천음지체의 저주에서 벗어나지 못했다고 했소. 그런데 만약 반 부인이 상옥이라면 상옥곡의 위치를 이미 알았을 것이고, 따라서 얼마든지 그녀가 어릴 때 데려갈 수 있었을 것이오. 그렇게 하지 않았다는 건, 의도적으로 자기 친딸의 고통을 무시한 것이오."

"딸을 사랑하지 않는 어머니의 이야기는 세상에 많아요. 제가 묻는 건, 설린과 관계가 끝나신 피 대주께서 왜 계속 그 부분에 신경 쓰시는지 그걸 묻는 거예요."

"……."

그녀의 말은 정확했다. 피월려가 말이 없자, 그녀가 말을 이었다.

"업무와 임무에 관계된 것이라면 제가 아는 한 모든 것을 이야기하죠. 하지만 그것이 아니라 단순히 옛정 때문에 관심이 생기신 거라면 설린의 친우로서 말씀드리기 곤란해요."

한동안의 정적 후, 피월려는 낮은 음조로 중얼거리듯 말했다.

"알겠소."

"……."

피월려가 고개를 돌려 마차 틈에 난 작은 창문으로 시선을 옮겼다.

류서하는 진설린에게 버림받은 피월려가 불쌍하게 느껴지는 것을 애써 무시하려 했지만, 왠지 모르게 가슴이 뭉클해지는 건 어쩔 수 없었다.

중원에 몇 없는 초절정급의 무위. 그리고 천마신교 낙양지부의 일대주라는 직위. 그것을 서른도 되지 않은 나이에 얻은 남자.

그런 남자에게 연민을 느낀다니. 류서하는 안타까운 마음에 말문을 열었다.

"서로 많이 사랑하셨나요?"

"진 대원의 마음속은 짐작도 못하겠소. 내 마음도 잘 모르겠소만, 사랑까진 아닌 듯하오."

항상 린 매라 듣던 호칭이 진 대원으로 바뀌어 있었다. 류서하가 듣기에 그 속에 미련이 담긴 것 같진 않았다.

그녀가 되물었다.

"그러면?"

"안타까움 정도."

"사랑이 아니라 확신해요?"

"예화라는 여인이 있었소. 기녀였는데, 꽤나 잊히지 않는 여인이었소. 그 여자가 어린 여자아이 하나를 데리고 있었는데, 그 여자가 죽고 그 여아를 내가 맡았소."

"서, 설마."

"내 딸은 아니었소."

"아……."

"웃기지 않소? 아무런 연결점도 없던 그 여인이 데리고 있던 여아를 선뜻 맡다니……."

"……."

"하룻밤의 정(情)이지만 잊지 못하는 인연이 있고, 오래되어도 희미한 인연이 있더이다. 낭인 시절, 하루하루를 근근이 버티며 전 중원을 돌아다닐 때, 몇 달이고 한 기녀만 찾았던 적도 있었고, 같은 처지의 여고수와 정을 통했던 적도 있소. 지금은 다 잊어버렸지만, 그때 당시에는 진심이라 믿었던 적도 있었지. 진 대원은 그런 인연 중에 하나일 뿐이오. 작은 흔적을 남기고 스쳐 지나가는 바람이지. 단지 아직 완전히 지워내진 못한 것 같소."

남자와 사랑을 나눠본 적이 없는 류서하는 뭐라 말을 해야 할지 몰랐다.

갑자기 피월려가 너무나 큰 산처럼 보여서 그런지, 무슨 말을 해도 어린아이가 하는 소리밖에 되지 않을 것임을 말하기도 전에 깨달은 것이다.

그녀는 머릿속에서 겨우 한 구절을 찾을 수 있었다.

"그런 건 시간이 해결해 준다고 들었어요."

"그렇겠지. 지부에서 마주칠 일이 없어 다행이오."

"……."

그 말을 끝으로 정적이 찾아왔다. 그 정적은 마차가 천마신
교에 도착하기까지 계속됐다.

제칠십사장(第七十四章)

늦저녁이 돼서야 지부에 도착한 피월려는 식사를 끝내고 제갈미의 처소로 향했다.

피월려는 태극음양마공의 구결로 내공을 보완한 뒤 소소를 얻고 나서부터는, 더 이상 극음귀마공의 음기나 천음지체의 음기가 필요하지 않아 더 이상 그녀와 잠자리를 같이할 필요가 없었다. 실제로 극양혈마공의 지배 아래서 음양합일을 위한 성교를 강요받던 그는 그 저주에서 벗어나고 한참을 여자에 대한 생각조차 하지 않았다.

그러나 젊은 그의 몸에 서서히 성욕이 깃들었고, 중원을 떠

돌며 기방을 들락거리던 그의 옛 버릇이 다시 돌아올 때쯤 제갈미가 한 가지 제의를 해왔다.

그것은 며칠에 한 번씩 서로 합의하에 잠자리를 함께하자는 것이었다.

류서하와 마찬가지로, 그녀도 마단을 먹고 역혈지체를 이뤘는데 어차피 내력이 없던 터라 사실 큰 의미가 없었다. 다만 평생 아프다 건강해진 육체를 얻게 되니 모든 욕구가 활발해졌고, 그중 성욕도 마찬가지여서 이미 몇 번이나 경험이 있는 피월려에게 말한 것이다.

그 말을 듣는 순간 피월려는 진설린에게서 느꼈던 이질감이 무엇인지 깨달을 수 있었다.

지금까지 그가 만난 여인들은 다 제갈미처럼 자기 욕구에 솔직한 여성들이지, 그것을 감추는 것을 미덕으로 아는 여인들이 아니었다.

그 이질감은 너무나도 다른 출신의 사람에게서 오는 것이었던 것이다.

피월려도 순전히 즐거움을 위한 잠자리는 참으로 오랜만이었다.

다만 그의 기분을 일방적으로 맞춰주었던 기녀들과 다르게 제갈미와는 합을 맞춰야 했고, 이는 진설린과의 경험을 통해 쉽게 해낼 수 있었다.

따라서 제갈미는 나름 좋은 상대에게 잠자리를 배웠고, 지금까지도 이틀이나 삼 일에 한 번쯤은 제갈미의 방에서 잠자리를 가졌다.

피월려는 노곤한 육신에 힘을 빼고 숨을 몰아쉬었다. 천음지체인 제갈미는 본능적으로 많은 양기를 흡수했고, 때문에 피월려의 몸은 손가락 하나 움직이기 어려울 정도로 탈진해 있었다.

제갈미는 방 한쪽에서 촛불 몇 개를 켜놓고 책상 앞에 앉아 무언가를 읽어 내려가고 있었다.

책자처럼 보이는 것이 그녀가 맡은 임무에 관한 정보가 들어 있는 것 같았다.

성교 후 탈진하는 피월려와 다르게 제갈미는 몸에 힘이 들어차고 머리가 개운해져 항상 그때 가장 중요한 일을 하곤 했다.

피월려가 책자를 바쁘게 읽어 내리는 그녀를 물끄러미 바라보며 말했다.

"사랑이 뭐라 생각하지?"

"뭐?"

"아니다."

제갈미는 자기 귀를 탁탁 치면서 말했다.

"내가 환청을 들었나?"

"어."

짤막한 대답에 제갈미는 책자를 내려놓고 피월려를 돌아보았다.

"아까 창문으로 봤는데, 마차에서 내릴 때 서하랑 같이 있던데."

"있었지."

"표정이 이상해서 뭔가 했는데, 이제 보니 무슨 말이 오갔는지 알 거 같아. 진설린이 그리 눈에 밟혀?"

피월려는 다른 질문을 해왔다.

"혹 이후에 진 대원이랑 얘기해 봤나?"

제갈미는 묘한 웃음을 지었다.

"난 제삼대랑 같이 일하니까. 천 공자 보러 갔다가 몇 번 마주치긴 했지."

"어땠지?"

"네가 천 공자를 바라보던 시선으로 날 보던걸?"

"무슨 뜻이야?"

"패자가 승자를 바라보는 시선으로 봤다고."

"……."

"사천에서 면전에다 대놓고 이 여자랑 잤소, 했잖아? 나랑 사이가 좋을 리가 없지, 그럼. 정말로 여자한테 극양혈마공의 폭주라는 이유가 통할 거라 생각해?"

피월려는 자조적인 어투로 말했다.

"하긴, 내가 망친 거지."

"바람난 상대하고 방금도 놀아났으면서 무슨 사랑 타령. 왜, 그 여자 생각 안 나게 한 번 더 안아줄까?"

제갈미의 뻔뻔한 장난에 피월려는 고개를 흔들며 질색했다.

"많이 변했다, 너."

"어미와 친오라버니의 잘린 목을 보고 안 변할 사람이 있을까?"

"……."

대수롭지 않게 얘기하는 그녀의 목소리에는 정말로 아무런 감정도 없었다. 피월려는 오히려 그 사실이 제갈미가 전과 다른 사람이 되었다는 걸 확증하는 것 같아 마음이 씁쓸했다.

제갈미가 말했다.

"진설린이랑 그렇고 그런 사이일 때……. 나 말고도 다른 여자랑 잤어?"

"조금."

"누구?"

"뭐, 기녀도 있었고. 그냥 인연이 닿은 여인도 있었고."

"몇 명이나 되는데?"

"글쎄, 다섯은 되지 않을까?"

"역시 개새끼네."

"욕하려고 물어본 거야?"

"미련이 있을 자격이 없잖아, 누가 봐도. 근데 이제 와서 갑자기 사랑이니 뭐니 그러고 있어?"

피월려는 모르겠다는 듯 양손으로 머리를 통통 치면서 머리카락을 싸매듯 움켜쥐었다.

"모르겠다. 생각보다 깊은 인연이었던 것 같아."

"류서하는 뭐라 했는데?"

"뭐가?"

"서하한테도 이러쿵저러쿵 궁상떨었을 거 아니야. 서하는 뭐라 대답했는데?"

"그게 뭐가 중요해?"

"진설린의 친우이니, 서하의 반응을 보면 진설린이 너를 어떻게 생각하는지 대충 알 수 있지 않겠어?"

"간단하게 말하면, 나를 연민의 시선으로 보더군."

"혐오가 아니라?"

"조금은 섞인 듯했지만, 대체적으론 나를 불쌍하게 생각하는 듯했어. 서하가 너한테는 어떻게 말했는데?"

제갈미는 어깨를 들썩였다.

"혐오까지만 아니면 다행이겠네. 나랑도 너에 대해선 말하지 않으니까, 나도 잘 몰라."

"서하랑은 아직 안 친해졌나 보지?"

"그래도 좀 말은 하는데, 걔는 술을 안 먹어서 그냥저냥 해. 내가 친근하게 반말하는데 갠 끝까지 경어를 쓰더라고."

"출신이 달라서 그래. 나도 진설린하고 끝까지 말을 튼 적이 없어."

"흐음… 그래서 그런 거 아니야?"

"뭐가?"

"출신이 다른 고귀한 여인과 서로 경어 써주면서 놀다보니까, 마음이 더 동한 거 아니냐고."

"그, 그런 건가?"

"그런 거 맞는 거 같은데."

"……."

"그래도 그뿐만은 아니야. 같은 천음지체라곤 하지만 서하나 나도 진설린은 전혀 이해하지 못해. 천음지체이기 때문에 타고나는 성정이 있기 마련이지만, 진설린은 그보다 더한 게 있어. 걔 어릴 적에 방 안에만 갇혀 지냈다고 했지?"

"어."

"그래서 그런가? 좀 혼자 붕 떠 있는 것 같은 느낌이 들어, 진설린은."

"그렇지."

"내가 봐도 정말 특이한 여자야. 그래서 더 끌리는지도 모르지."

"특이한 걸로 치면 이명 공주도 만만치 않았지. 진설린의 경우는 그 광기가 속에 내재되어 있는 건가……."

"아, 황궁제일미랑도 잤지? 중원에 있는 천음지체란 천음지체는 다 품을 생각이야? 서하에게 조심하라고 해야겠네. 그러고 보니 설마 옥소 연주를 배우는 것도 설마 다 설계 안에……."

"그럴 일 없으니 걱정 마. 류서하는 음공을 익히고 있어서 어차피 저주에서 벗어났으니, 남자가 필요할 일도 없고, 혹 그렇다고 하더라도 그 남자가 내가 될 일도 없어."

"네 전과를 보면 천음지체에 강한 면이 있잖아? 가능할 수도."

제갈미가 점점 피월려를 몰아세우는데도 그는 아랑곳하지 않고 다른 주제를 꺼냈다.

"그보다 천음지체라는 게 원래 그렇게 많은 건가? 당장 이 지부에만 세 명이 있으니, 생각보다 흔한 거 같은데."

"이번 세대에 우연히 많아진 거겠지. 만에 하나 정도로 발생하는 모든 절맥(絶脈)중 여인에게만 특별히 나타나는 구음절맥. 그중에서도 가장 음기가 강하여 천음(天陰)의 절맥이라는 천음절맥을 타고난 여인이 처음 월경(月經)을 시작하고 나서도 생존하면 나타나는 게 천음지체야. 한 세대에 하나가 있을까 말까 한 확률이라고."

"그런 확률이 네 번이나 일어났다. 그것도 각각의 명문세가에?"

"명문세가만 발생한 건 특이한 게 아니야. 명문세가가 아니라면 살아 있을 수가 없으니까 자동적으로 명문세가의 절맥만 살아남는 거지. 나도 기문둔갑의 지식이 없었으면 살지 못했을 거고, 류서하도 상옥곡의 무공이 없었다면 살지 못했을 거고, 황궁제일미도 양기가 많은 남자들을 계속해서 공급받지 못했으면 살지 못했을 거니까."

"흐음……."

"왜, 아직도 의심이 가시질 않아? 그냥 우연이라니까?"

"진설린의 친모인 반미랑이 상옥이라는 우연과 합친다면 더는 우연이라 보기 어려워. 천음지체에 관해서 조금 조사해 봐야겠어."

"그러시든지."

"……."

"……."

"왜 날 빤히 봐."

"어머니의 출신을 말해줄……."

"꺼져."

"아니, 들어봐. 아무리 들어도……."

"더 말하기만 해봐."

"……."

"흥."

제갈미는 고개를 홱 돌리곤 다시 일에 몰두했다.

피월려는 몇 번이고 물어보려고 했지만, 제갈미는 짜증을 내는 것으로 일관했다.

곧 할 것이 없어진 피월려는 침상 옆에 쌓아둔 잡공서(雜功書)를 펼쳤다.

모든 문파에 기본적으로 있는 점혈법이나 전음부터 기본적인 경신술을 적어놓은 것으로, 낭인 생활을 하면서 제대로 익히지 못했던 피월려가 부족한 부분들이었다. 제갈미는 자기 방에 있을 때만이라도 참고하라고 가져다 두었는데, 그조차도 피월려는 지겨워 잘 읽지 않았다.

이번에도 피월려는 일각도 지나지 않아 곧 책자를 내려놓았다.

그러곤 눈을 감고 용안을 펼치며, 머릿속으로 상상하며 검공을 연상하기 시작했다.

심상의 세계는 검게 변하고 그 속에서 그는 자기의 몸을 보았다.

용안을 통해 들어오는 각각의 정보는 그의 심상 세계에서 물질로 재구성되었고, 그것을 바탕으로 피월려는 방 안에 있는 존재를 하나하나 모두 느낄 수 있었다.

그리고 그가 내려다본 그의 오른손에는 있을 수 없는 역화
검이 떡하니 자리 잡고 있었다.

분명 손을 활짝 펼치고 있는데도 그의 심상의 세계에선 너
무나도 선명하게 역화검이 그의 손에 붙들려 있던 것이다.

눈을 뜨자, 다시 원래의 어두컴컴한 방 안이 보였다.

제갈미는 옆에서 서찰을 수시로 보면서 이젠 먹물을 갈아
작은 붓으로 연신 무언가를 적어 내려가고 있기까지 했다. 흔
들거리는 촛불로 인해 그림자가 크게 일렁이면서 고요한 방
안에 묘한 흐름을 생성했다.

피월려는 다시 눈을 감았다.

검은 세상에 이미 만들어진 모든 존재들은 다시금 그 존재
를 드러냈다.

딱딱한 침대.

부드러운 이불.

어두컴컴한 방.

잔잔히 흐르는 공기.

쏟아지는 빛줄기.

힘이 모두 탈진해 버린 그의 육체.

그리고 열이 나는 것처럼 머리가 뜨거운 제갈미까지.

재구성된 심상의 세계는 역화검을 제외하고는 현실과 다를
것이 없었다.

피월려는 눈을 감은 채 역화검을 물끄러미 보았다. 그것은 너무나도 현실적이어서 당장 눈앞에 있는 듯했다.

그 무게도, 그 색감도 부서지기 전의 역화검과 다를 것이 없었다.

자기도 모르게 피월려는 그것을 잡았다. 꽉 붙잡았다. 그러자 역화검이 은은히 진동하며 반응했다.

"급보입니다!"

갑자기 방 안을 울리는 소리에 피월려는 눈을 떴다. 그러나 역화검은 여전히 그의 오른손에 쥐어져 있었다.

뭐지?

피월려는 눈을 깜박였다.

그의 오른손에는 아무것도 없었다.

제갈미가 방문을 보며 말했다.

"무슨 일이지?"

"화, 황금천(黃金天)에 무림맹 장로 중 한 명이 찾아왔습니다."

황금천은 천마신교 소유가 된 낙양 최대의 도박장. 제갈미가 직접 관리하는 곳으로, 낙양 안의 모든 흑도인들이 모이는 곳이라고 보면 된다.

그런 곳에 무림맹 장로가 찾아왔다면 이는 거의 흑도대전을 일으키겠다는 것과 진배없었다.

제갈미가 들고 있던 책자를 떨어뜨리며 물었다.

"무림맹에서 그런 과감한 선택을 할 만한 기미는 전혀 없었는데……. 그, 그런……. 피, 피 대주, 뭐 아는 거 있어?"

"으응?"

"뭐 하고 있어, 지금?"

"무슨 일인데?"

"방금 못 들었어? 정신이 어디 팔려서 그래?"

피월려는 텅 비어 있는 오른손을 몇 번 쥐락펴락하더니 곧 머리를 흔들며 멍한 정신을 바로잡았다.

"무슨 일이 벌어진 거야?"

"무림맹 장로가 황금천을 공격하고 있다잖아?"

그녀의 말이 끝나기 무섭게 문밖의 사내가 말했다.

"공격을 당하고 있진 않습니다. 다만 찾아온 것입니다."

제갈미가 눈살을 찌푸렸다.

"그게 무슨 소리야? 무림맹 장로가 무슨 도박이라도 하러 왔다는 거야?"

"예."

단답형의 대답은 짧은 정적을 남겼다.

제갈미가 뭐라 말하지 못하는 사이 피월려가 먼저 물었다.

"인원은 얼마나 왔지?"

"장로 한 명과 동행하는 젊은 여고수 한 명입니다."

달랑 두 명이라면 확실히 전쟁을 하자는 건 아니다. 피월려가 급히 또 물었다.

"신원은?"

"화산파의 복장으로 짐작했을 때, 화산파 장문인 향검 정충과 검봉 정채린으로 보입니다만… 아직 확인된 사실은 아닙니다."

"……."

"어찌해야겠습니까?"

제갈미가 대답했다.

"일단 제삼대에 연락해서 평소보다 두 배 더 많이 투입해 달라고 해. 그리고 제육대에도 알려서 무림맹 주변도 살피라고 하고. 그리고 황금천에는……."

피월려가 그녀의 말을 잘랐다.

"내가 가지."

"진짜? 굳이 일대주가 안 가도 되는데?"

"나를 보러 온 것이니 내가 가야 하지 않겠어?"

"그게 무슨 말이야? 사전에 어떤 얘기가 있었던 거야?"

피월려는 곤한 몸을 겨우 움직여 침상에서 일어났다.

"아니, 없었어. 다만 나를 찾으러 왔다는 이상한 확신이 드는군."

"……."

"제일대 전체에 연락해서 올 수 있는 인원은 모두 모이라 해. 총주님에게도 전하고. 먼저 갈 테니까. 아 참, 필사 끝냈으면 도면 원본도 가져오고."

제갈미가 뭐라 대답하기도 전에 피월려는 이미 방문을 나섰다.

제갈미는 잠시 아랫입술을 깨물고 있다가, 곧 재빠르게 움직이기 시작했다.

＊   ＊   ＊

황금천(黃金天).

낙양 최대의 도박장으로 천마신교에서 관리하기 시작한 후, 그 크기가 다섯 배 이상이나 커졌다.

말 그대로 주변 건물을 먹어치워서 다섯 개의 건물로 되어 있었는데, 그중 가장 크고 오래된 중앙 건물은 웬만한 사람이 아니면 그 안에 들어가는 것조차 불가능했다.

이렇게 황금천이 커지게 된 계기에는 제갈미의 비상한 머리가 한몫했는데, 사람들의 심리와 자금의 흐름을 면밀히 파악하고, 황도로 변한 낙양의 상황에 맞춰 도박장을 운영했기 때문이었다.

도박장에 흐르는 총 자금 중 일 할 이상의 수익을 내던 방식을 버리고, 일 푼의 수익을 가져가는 방식으로 바꾸어 손님들 간의 돈의 흐름을 더욱 활성화시켰다. 그리고 천마신교 제삼대의 인원들을 차출하여 각 손님들의 자금을 안전하게 보호하고 운반하는 일까지 책임지는 방식으로 사람들을 끌어모았다.

이로써 전 중원에서 낙양에 오면 꼭 들러야 하는 명소로 자리매김하고 있었다.

피월려는 황금천에 도착하자마자 상황이 심상치 않다는 것을 느낄 수 있었다.

구역을 지키는 제삼대의 인원들이 눈에 띄게 많았기 때문이다.

본부의 고수들로 이뤄진 제삼대의 마인들은 정통 마공의 영향으로 제각각 강한 마기를 은연중에 뿜어내기에, 범인들은 가까이만 가도 소름 돋는 기분을 느낀다.

따라서 최소한의 인원으로 움직이는 것이 원칙인데, 손님들이 마기를 느끼고 기피할 정도로 제삼대의 마인들이 지키고 있다는 건 그만큼 비상사태가 일어났다는 뜻이었다.

그들 중 수장으로 보이는 자가 피월려에게 왔다.

"일대주님, 오셨습니까?"

피월려는 중앙 건물을 보며 물었다.

"무림맹 장로가 왔다던데, 사실인가?"

"예. 지금 그 위치가 위치인지라 최상층에서 모시고 있습니다."

중앙 건물의 최상층은 천상계(天上界)라고 표현될 정도로 최고급 중에서도 최고급의 고객들만이 들어올 수 있는 곳이다.

피월려는 그 마인에게 말했다.

"생각보다 아직 얌전한가 보군."

"돈을 잃지도 따지도 않는 안전한 방법으로 계속 유지만 하고 있습니다만, 그 속내를 누가 알겠습니까?"

"내가 직접 들어가겠다. 자금을 빌려줄 수 있나?"

"물론입니다. 드시지요."

"그리고 내 생각인데, 제삼대의 인원은 다시 원래대로 줄여도 될 것 같은데. 고객이 줄잖아."

"대주께서 직접 내린 명령인지라……."

제삼대의 직속상관인 천서휘의 명령은 피월려의 명령을 월등히 상회한다.

따라서 그 마인은 피월려의 명령을 지킬 수 없다고 말한 것이다.

피월려는 어깨를 들썩였다.

"뭐, 내 소관이 아니니 그냥 내 생각이 그렇다고 천 공자에게 전해주기만 해. 알아서 판단하겠지."

"그럼 그리 전하겠습니다."

피월려는 안으로 들어가 최상층까지 올라갔다.

왁자지껄한 1층에서부터 올라가면 올라갈수록 소음이 줄어들었다.

그리고 감미로운 음악이 그 소음을 점차 대신했다. 기인들과 예인들을 다수 고용하고 아름다운 그림과 명품으로 된 장식들을 배치하여 천한 도박장의 모습을 완전히 탈바꿈시켜, 눈 높은 신흥 귀족들의 허영심을 차고 넘칠 정도로 채워주자는 것이 바로 제갈미의 전략 중 하나였다.

출신이 미천하나, 그 능력이 뛰어나 황제에게 등용된 신흥 귀족들은 하나같이 자기 자신의 신분에 대한 열등의식을 가지고 있었고, 때문에 그들은 그 열등의식을 메꾸기 위해 자금을 아끼지 않았다.

황실에서 푼 재산으로 지금까지는 집과 옷에 투자하여 자기의 재산을 자랑하였는데, 그것으로 모자라 이젠 도박장에서 돈을 써대는 것을 자랑하기에 이르렀다.

집과 옷처럼 간접적으로 자랑하는 것보다 오히려 한 번에 왕창 돈을 쓰는 것을 직접적으로 보여주면서 대놓고 으스댈 수 있었기 때문이다.

이제 황금천에서의 도박은 그들 사이에서 하나의 고풍스러운 놀이 문화가 되었다.

그리고 황금천에서는 그중 일 푼밖에 가져가지 않으니, 어차피 그들 사이에서 돌고 도는 돈이다.

따라서 돈은 쓰긴 쓰지만 어떻게 보면 쓰지 않는 것과 진배없었다.

신흥 귀족들은 서로를 잘 알고 그만큼 유대도 깊기 때문에 돈을 잃거나 따도 허허 웃으며 형님 아우 하면서 넘어가기 일쑤.

제갈미는 그들의 허영심을 위한 자리를 정말 제대로 만들어주었다.

좋지 않은 패에도 돈을 턱턱 내밀면서 돈을 잃는 것을 자랑으로 아는 그들. 그들에게 천상계는 도박장이 아니라 친목장이었다.

그런 그곳에 기본 이상으로는 절대 돈을 걸지 않는 백의 노인이 있었다.

천으로 감싼 긴 지팡이를 등에 지고 아리따운 젊은 여인을 옆에 둔 그는 온화한 인상과 함부로 할 수 없는 존엄함을 동시에 가졌다.

입은 옷은 누추하여 감히 황금천에 들어오지 못할 것 같은데, 그의 앞에 쌓인 금전은 산을 이루고 있었다.

모든 이가 판돈을 올리며 자기 재산을 자랑하는 데 열중하는 것과 대조적으로, 그는 재미도 감흥도 없을 짓을 꾸준히 반복하고 있었다.

그 때문인지, 그가 있던 도박판은 흥미가 떨어져 사람이 없었다.

그의 남다른 외모와 앞에 쌓인 금전에 흥미를 느낀 이들도 몇 번 하다가, 지루하기 짝이 없는 도박판을 떠나 다른 판으로 가버렸다.

발패인과 단둘이 재미없는 패를 교환하며 돈을 따고 잃기를 반복했다.

그 백의 노인 옆에 피월려가 자연스럽게 앉았다.

"참 재미없게도 노십니다, 향검. 이만한 재산과 대동한 검봉이 아깝습니다."

백의 노인, 향검 정충은 슬쩍 그 목소리가 난 곳을 돌아보았다.

"빈도는 화산파 장문인라는 위치가 있어 도박을 오래 즐길 수 없네. 만약 그러지 않았다면 내 진즉 이 황금천의 황금을 모두 거덜 냈을 것일세."

"이런 너스레도 떨 줄 아는 분이라고는 생각하지 못했습니다."

"그러면 빈도를 어찌 보았는가?"

빈도는 도사가 자기를 낮추어 지칭하는 말로, 피월려에겐 생소한 단어였다. 아마 평생 지금까지 살면서 직접 귀로 듣기는 처음인 것 같았다.

　피월려는 그 감정을 그대로 말했다.

　"자기를 빈도라 칭하면서 고리타분한 말을 하는 노고수라 생각했습니다."

　"고리타분한 말을 하는 노고수는 아니지만, 빈도가 빈도를 빈도라 칭하는 것은 맞았군."

　"예?"

　"말이 어려운가? 자네가 빈도를 빈도라 칭하는 자라 생각한 것이 맞았다는 것일세."

　"……."

　"이래서 문법 교육이 중요하거늘……. 이런 간단한 문장조차 이해하질 못하니 젊은 도사들이 그 어려운 비급을 이해하지 못하는 것이 당연해. 아무리 추상적인 비급도 문법만 제대로 익힌다면 어려울 것이 없지."

　"이제 보니 고리타분한 말을 하는 노고수가 맞는 것 같습니다."

　"하하하. 그러한가? 역시 흑도의 젊은 고수라 그런지 말을 직설적으로 잘하는구먼. 빈도 아래 있는 도사들은 빈도 앞에선 빈말만 하느라 대화하기가 싫어지지."

　호쾌한 웃음. 피월려는 지금껏 생각했던 정충의 인상과 많이 다르다는 것을 느꼈다. 이래서 사람은 따로 만나 대화해

봐야 안다.

피월려는 힐끗 정충의 뒤에 서 있는 정채린을 보았다.

정채린은 매우 호기심 어린 시선으로 그를 내려다보고 있었다.

일 년 반 전 포한루에서 처음보고, 구 개월 전 낙녕과 화산 사이의 객잔에서 두 번째로 마주쳤었다. 그리고 오늘로써 세 번째.

처음 봤을 때는 일류.

두 번째 봤을 때는 절정.

그리고 지금 세 번째 봤을 때는 초절정이다.

마주칠 때마다 무공 수위가 급증한 피월려에게 호기심이 돌지 않으면 이상한 것이다. 게다가 화산파 장문인인 정충과 편히 대화까지 하고 있으니, 비슷한 연배에 불과한 피월려에게 묻고 싶은 것이 많았으나 자리가 자리인 만큼 물을 수는 없었다.

한편 피월려는 그녀보다는 그녀가 허리에 차고 있는 긴 장검에 더 관심이 갔다.

"태극지검(太極之劍)? 나 선배가 준 것이오?"

정채린이 대답했다.

"주인이 죽었으니, 유언대로 받았을 뿐이에요. 그리고 태극지검이 아니라 태극지혈(太極之血)이에요."

"아, 착각했소. 나 선배가 물려준 것이군."

"받고 싶어 받은 것이 아니에요. 아버지의 말씀이 아니라면 이런 검, 필요도 없어요."

피월려는 태극지혈이 전 황룡검주 진파진의 강기가 담긴 황룡검을 상대하던 광경을 기억했다.

절정에 불과했던 나지오의 손에 붙들려 그 가공할 강기와 검신에 맞부딪치면서도 부러지지 않았던 것만 봐도, 그 검은 강호에 다시없을 명검 중 명검이다. 그런 검이 필요없다니……. 소녀의 치기가 우스웠다.

피월려는 비웃음을 감추지 않으며 정충에게 말했다.

"어린아이에게 막사와 간장을 줘서 무엇 합니까, 향검?"

발끈하는 정채린을 한 손으로 막은 정충이 말했다.

"태룡마검의 유언에 따른 것뿐이네."

"이왕 나온 김에 물읍시다. 내 듣기로 화산파에서도 살생을 금지한다던데, 나 선배를 정말로 죽였습니까?"

"태룡마검은 죽었네."

"그걸 묻는 것이 아닙니다. 화산파에서 그를 죽였는지를 묻는 것입니다. 문법에 정통한 향검께서 내 말을 오해하시지 않으리라 믿습니다."

"빈도가 해줄 수 있는 말은 그가 죽었다는 것뿐. 그 외에는 내 소관이 아니어서 모르네."

"참나."

장문인이 소관이 아니라 모른다? 피월려는 기가 막혀 도박판을 쿵 하고 내리쳤다.

정충은 태연하게 판돈을 걸며 웃었다.

"하주(下注)할 텐가?"

"수륜(首輪)이 몇입니까?"

"일금(一金)일세."

피월려는 비릿한 미소를 짓더니, 금전 한 개를 집어 던졌다. 그러자 판이 시작되고, 패가 들어왔다.

피월려는 패를 슬쩍 보고는 발패인에게 심드렁하게 말했다.

"이게 무슨 패(牌)야? 내가 모르는 건데? 뭔 노름이지?"

발패인이 답하기도 전에 정충이 먼저 설명했다.

"갑을병정이라고 부르는 노름인데, 나도 여기 와서 배운 것일세. 법칙이 참으로 재밌지. 사람 숫자보다 하나 더 패가 도는데, 지금 노는 사람이 셋이니, 총 네 종류의 패가 있네. 이름과 같이 갑을병정(甲乙丙丁)이네."

"네 개로 뭘 하는 겁니까?"

"갑을병정 순으로 이기네."

"갑이 무조건 이깁니까?"

"다른 법칙이 있지. 갑은 둘만 남아서 탄패할 때는 무조건 지네. 을은 셋이 남아서 탄패할 때 무조건 지고. 그 법칙 그대로, 병은 넷이 남아서 탄패할 때 무조건 지고, 정은 다섯이 남아서 탄패할 때 무조건 지지만, 사람이 없으니 병과 정에는 특별한 법칙이 없네. 또한 개패(蓋牌)할 때는 자기 패를 공개해야 하네."

"흐음… 해봐야 알겠군요. 둘이서 했을 땐 꽤나 심심하셨겠습니다."

"확실히 이건 둘이서 하면 의미가 없지. 자, 나도 하주하지."

발패인도 금전 하나를 올렸다.

"소인도 하겠습니다."

피월려는 자기 패가 을이라는 것을 확인했었다. 그는 잠시 생각한 뒤, 금전 두 개를 던지며 말했다.

"이금(二金) 가주(加注)."

정충의 차례. 그는 금전 두 개를 올리며 말했다.

"근주."

발패인은 잠시 고민하더니 말했다.

"저 또한 근주입니다. 탄패 부탁드립니다."

셋은 패를 공개했고, 피월려는 을, 정충은 병, 그리고 발패인은 갑이었다.

이를 보고 정충이 격양된 소리로 말했다.

"아하! 갑이 자네였구먼."

피월려는 금전 아홉 냥이 발패인에게로 사라지는 것을 보고 말했다.

"속도가 엄청 빠르군요."

정충이 고개를 끄덕였다.

"빈도도 소싯적에 도박장을 좀 다녔지만, 이처럼 빠른 건 처음이라네. 한 각에 금전 백 냥도 우습게 잃어버릴 수 있다고 생각하네만."

"소싯적이라 하시면?"

"하하하. 빈도라고 태어났을 때부터 장문인일까? 다 과거가 있는 법일세."

어쩐지 도박의 법칙을 자기가 나서서 설명해 주는 것부터 이상하다 했다. 피월려는 정충이 만만치 않은 상대라는 것을 느꼈다.

무공이 아니라, 도박으로 말이다.

"좋습니다. 계속해 보겠습니다. 그리고 자네."

"예?"

"이 자금에서 나는 손해는 전부 내 급여에서 빼가라고 상부에 보고하게."

발패인은 살짝 당황한 기색으로 물었다.

"아… 진심이십니까?"

피월려는 고개를 끄덕였다.

"내 돈을 걸지 않으면 흐름이 보이지 않지."

"……."

"진심으로 해봅시다, 향검."

정충은 크게 웃었다.

"하하하. 좋네."

그때, 코를 자극하는 향기가 어디선가 흘러왔다. 그곳으로 고개를 돌려 보니, 잘 차려입은 제갈미가 진한 화장을 하고 나타난 것이 아닌가? 그녀는 깊은 미소를 지으며 정충에게 말했다.

"귀한 손님이 오셨으니, 발패는 제가 직접 하도록 하겠습니다."

정충은 그녀의 얼굴을 기억하고는 되물었다.

"오호? 이거 명봉이 아니신가?"

제갈미는 고개를 숙였다.

"장문인께 인사 올립니다. 검봉 언니도 오랜만이야?"

정채린은 황당해하면서 크게 뜬 눈을 깜박거렸다. 너무나 당황하여 말이 차마 나오지 않는 듯 보였다.

수륜이 끝나자, 제갈미는 자연스럽게 발패인의 자리에 앉아 태연하게 발패했다.

하나씩 받아 든 피월려와 정충, 그리고 제갈미는 각각 패를 확인하고는 서로를 보았다.

정충이 먼저 말했다.

"이거, 이거. 생각해 보니 둘이 한통속이 되어 빈도를 속이지 않을까 염려되는군."

제갈미가 미소를 유지하며 말했다.

"걱정하시 마세요, 향검 어르신. 일대주께서 사비(私費)로 지출하시니, 재정난에 허덕이는 본 지부에선 일대주의 마지막 옷 한 벌까지도 받아낼 생각이니 말이에요."

피월려가 헛웃음을 지었다.

"내가 사비를 쓴다는 말을 기다렸다 나온 건가?"

제갈미가 마주 보았다.

"옛 버릇을 버리지 못하고 여자들 치맛바람에 허우적거리는 대주이시니, 도벽(賭癖)도 고치지 못하셨으리라 믿었을 뿐이에요. 아 참, 검봉 언니도 조심해. 아주 색마가 따로 없으니까."

"그, 그래……."

정채린은 아직도 제갈미의 모습이 믿기지 않는지 눈을 껌벅이고 있었다.

피월려는 순간적인 짜증에 이를 으득 갈았다. 제갈미가 떡하니 예를 차리고 말하는데, 반말을 찍찍 할 때보다 어찌 더 얄미운 것 같았다.

피월려는 손을 탁탁 털더니 말했다.

"내가 재정(財政)을 다 털어먹어도 나중에 딴소리 없기다?"

"당연하죠, 대주님."

"향검도 걱정하지 마십시오. 노름하다 보면 저희가 한통속이 아니라는 걸 아시게 될 겁니다."

정충이 말했다.

"빈도는 이미 진심을 느꼈네. 그러나 이렇게 나간다면 공평하지 않지. 그런 의미에서 린 아도 같이하도록 하겠네."

정채린은 자기 입을 가리며 놀란 목소리를 내었다.

"네에?"

"비범한 사람들보다 총명하니, 옆에서 보면서 규칙은 다 알았을 것 아니냐?"

"그렇긴 합니다만, 아버님, 소녀가 어찌……."

"담보로 잡힌 사문의 보물을 되찾아야 하지 않겠느냐? 대략 한 삼십 냥은 더 벌어야 하니, 사문의 자랑인 검봉 네가 이 일에 나를 도와야지."

"……."

피월려는 희한하다는 표정을 숨기지 못했다.

"사문의 보물을 담보로 맡기고 돈을 빌리셨습니까?"

정충은 자기 앞에 있는 금전 무더기에 손을 탁 하고 올리며 대답했다.

"고작 삼백 냥을 쳐주더군. 사문에 있어서는 값어치를 매길 수 없을 정도로 귀한 것일세."

제갈미가 말했다.

"화산파에는 그렇지만, 본 교에는 그저 그 물건 자체의 값어
치밖에 매길 수 없었어요. 진옥으로 된 조각이니, 딱 그만큼
쳐준 것뿐이죠."

"그래, 이해함세. 따면 되는 것 아닌가, 따면."

"아버님……."

걱정스러운 어투로 말을 흐리는 정채린을 보며 정충이 편안
한 목소리로 말했다.

"걱정하지 말아라. 내 소싯적에 도박장 한 곳을 망하게 만
든 적도 있으니."

"그, 그런."

"나에 비하면 네 숙부는 새 발의 피였지, 암. 내 스승님께서
는 나 때문에 얼마나 마음고생을 하셨을꼬. 하하하."

나지오의 얘기가 나오자 정채린이 얼굴을 굳혔다. 전투에
임한 것 같은 수준으로 심각해진 그녀는 곧 정충 옆자리에 앉
았다.

"도박 따위……. 시작하죠."

제갈미는 도박판 아래에서 패 하나를 더 꺼내며 말했다.

"사람이 넷이니 패는 다섯. 갑을병정무 순으로 승리합니다.
갑은 둘, 을은 셋, 병은 넷, 정은 다섯, 무는 여섯이 탄패할 때

여부없이 필패이나, 정과 무는 사람이 부족하므로 필패의 조건이 없습니다. 그럼 시작합니다."

기본 하주로 네 사람이 각각 금전 한 냥씩 내자, 다섯 개의 패는 돌아 네 사람에게 주어졌고, 남은 한 패는 중앙에 놓여졌다.

피월려는 확인했고, 그는 갑을 가지고 있었다.

두 사람만 남지 않으면 필승.

그리고 정충이 선주(先注)이니, 그의 차례는 가장 나중. 따라서 굉장히 유리한 판이다.

정충이 슬쩍 금전 한 냥을 올렸다.

"일금 가주."

정채린이 말했다.

"근주 후, 십금 가주."

순간 모든 이의 시선이 그녀에게로 집중됐다. 심지어 정충도 입을 살포시 벌리고 있었다. 검봉은 조금도 변하지 않는 표정으로 장문인을 마주 보며 말했다.

"빌려주세요."

"어… 그러려무나."

당당하게 말하는 터에 정충도 당황하여 말을 얼버무렸다.

제갈미는 어깨를 들썩였다.

"옛날부터 간이 큰 건 알았는데, 이 정도일 줄은 몰랐어, 언니. 나는 개패할게. 병이야."

갑을병정의 법칙상 자기 패를 포기하면 공개해야 하므로 포기한 사람이 많아지면 많아질수록 서로의 패를 유추하는 것이 쉬워졌다.

피월려는 잠시 고민했지만, 갑은 포기하기 쉽지 않은 패였다.

여기서 한 사람이라도 더 죽는다면 피월려의 필패지만, 둘만 남았을 때도 강하게 밀어붙인다면 이길 수 있다.

그는 금전 열한 냥을 올렸다. 그리고 뒤따라서 열 냥을 더 올렸다.

"근주, 그리고 십금 가주."

정충은 손을 내저었다.

"나도 개패하지. 정이네."

갑, 을, 무.

이렇게 남았다.

을이 가장 강한 패이며, 그다음은 무, 그리고 갑.

피월려가 불리한 상황이지만, 그는 정채린이 무를 들고 있다고 확신했다.

을을 든 사람은 네 명이어도 갑에게 지고 세 명이면 무조건 지는 패이기 때문에, 갑자기 돈을 올릴 리가 없었기 때문이다.

즉 피월려가 을을 들고 있는 척하며 이렇게 압박한다면 이길 수 있을 것이다.

그때, 굳은 표정으로 일관하던 정채린이 슬쩍 웃었다.

"근주하죠. 갑이시죠?"

정채린이 말하며 패를 보였는데, 그녀는 피월려의 예상대로 무를 들고 있었다.

"……."

피월려는 말없이 패를 보였고, 그곳엔 갑이 있었다. 도합 금전 사십칠 냥이 정채린의 손으로 들어갔다.

"재밌네요, 생각보다. 다음은 제가 선이죠?"

갑으로 무에게 졌다.

가장 악패를 가지고 이긴 그녀를 보며 피월려와 제갈미가 슬쩍 눈을 마주쳤다.

고수(高手)!

피월려는 숨을 깊게 들이마셨다가 내뿜었다.

"시작하지?"

기본 하주 후, 패가 다시 돌았다. 피월려는 무. 그는 일찌감치 포기했다.

몇 번의 신경전이 오가며 판돈이 이십 냥이 되었을 때, 제갈미와 정채린 둘이 승부를 보게 되었다.

제갈미는 병.

정채린은 을.

정채린은 아무런 돈도 없는 상태에서 금전 육십칠 냥을 벌었다.

그녀는 여유로운 미소를 띠며 정충에게 말했다.

"일단 사문의 보물을 되찾을까요? 돈이 되는데."

정충은 돈을 세어 보더니 말했다.

"그럴 수 있겠구나. 명봉, 담보를 되찾는 건 언제든지 된다고 들었는데?"

"되찾을 때는 일 푼을 더 주서야 돼요. 지금 찾으시게요?"

"찾겠네."

"금 삼백삼 냥이에요."

"여기 있네."

제갈미는 한쪽에 신호를 보냈고, 그들은 곧 진옥으로 된 조각 하나를 가져왔다.

금전 삼백삼 냥을 주며 그것을 받은 정충은 속에 그것을 갈무리했다.

"솔직히 이걸 되찾을 수 있을 줄은 몰랐군."

피월려는 그 말을 듣고 물었다.

"그리 말하시니, 돈을 벌러 오신 건 아닌 것 같습니다만. 정말로 여기에 오신 목적이 무엇입니까?"

"마교의 마인이 아리따운 여고수 한 명을 대동하고 당당히 황룡무가에 쳐들어왔다기에 나도 한번 해보았네. 왜, 실레인가?"

당사자인 피월려는 아무런 말도 할 수 없었다. 정채린은 돈을 다 세고는 정충에게 말했다.

"남은 건 열두 냥이에요. 여섯씩 나누어요."

정채린은 한껏 상기된 표정으로 열두 냥을 반씩 나누었다. 그 와중에 자기도 모르게 콧노래를 부르고 있었는데, 이를 빤히 보던 정충이 한마디 했다.

"하하하. 네 눈빛이 무공을 익힐 때보다 더 반짝거리는 것이, 네가 도박에 맛이 들렸구나."

정채린은 사슴처럼 눈을 동그랗게 뜨고 말했다.

"서, 설마요. 아니에요. 아버님도 참."

"하하하."

이토록 화기애애한 부녀간의 모습을 보며 피월려는 이를 으득 갈았다.

검강에 마음이 찢어져 혼이 부서지는 것 같았다. 적어도 일년 치 봉급이 다른 이의 손에서 놀고 있으니, 누구라도 그런 고통을 느낄 것이다.

"판이 재밌게 돌아가는 것 같소? 내가 끼어도 되겠소?"

피월려는 도끼눈으로 그 말을 한 사내를 보았다. 적당히 비싼 옷에 적당히 생긴 얼굴을 가진 삼십 대의 남자는, 그 눈에 나이에 맞지 않은 깊은 지혜가 감도는 듯했다. 어디선가 본 듯한 얼굴이라 기억하려는데 그 사내 뒤에 서 있는 남자에 시선이 가자, 자기도 모르게 외쳤다.

"유한!"

"오랜만이군, 피월려. 아니, 이젠 심검마인가?"

젊은 나이에 결코 오를 수 없는 상장군의 직급으로, 백운회를 실질적으로 통솔하는 황도의 정점에 서 있는 남자다. 현황실의 실세 중 실세로서 대장군의 직위만 없다뿐이지, 그와 다를 바 없는 권력을 행사하며, 그의 명이라면 모든 백운회 고수들이 움직이는 무력을 가지고 있기도 했다.

그의 손에 죽어나간 귀족들이 수백을 넘었고, 현 황실에 반하는 자들을 척결한 것까지 합하면 천은커녕 만까지 올라갈 수 있다.

그런 그가 직접 모시는 자라니? 피월려는 다시 그 남자의 얼굴을 보았고, 곧 기억할 수 있었다.

삼황자!

이젠 황제가 되어 새로운 이름을 받은 경운제!

그의 얼굴이 있었다.

황제를 마주치면 어떻게 해야 하나, 선뜻 답이 나오지 않았다.

다행히 그 고민이 끝나기 전에 그 남자가 먼저 피월려에게 말했다.

"형님께 이야기를 들었소. 낙성혈신마라고?"

형님?

그러고 보니 삼황자가 가졌던 그 패기(牌記)는 느껴지질 않았다.

피월려가 물었다.

"그렇습니다. 혹 누구신지 여쭈어도 되겠습니까?"

"황제(皇弟)인 경찬군이네."

황제(皇弟)는 황제(皇帝)의 남동생을 뜻한다. 경찬군은 현 황제 경운제의 친동생이자, 전에 사황자였던 황족. 황족 중에서도 황족인 그는 전 중원에서 가장 지고한 핏줄을 가진 사람 중 하나였다.

피월려와 제갈미, 정충 및 정채린까지 모두 포권을 취하며 고개를 숙였다.

"대군마마를 뵈옵니다."

"대군마마를 뵈옵니다."

"대군마마를 뵈옵니다."

"대군마마를 뵈옵니다."

경찬군은 유한을 소개했다.

"이쪽은 유한 상장군. 내 어린아이처럼 떼를 써 황궁에서 나온다니까, 어쩔 수 없이 동행하게 되었네."

유한은 황군들이 하는 것처럼 가슴에 주먹을 올리고 부복을 하며 인사했다.

"장문인을 뵙습니다."

"유한 장군이었군. 몰라뵈었네."

경찬군은 피월려의 옆에 앉았다. 그리고 유한에게도 옆자리에 앉으라고 시늉하며 피월려에게 말했다.

"왜 그러시는가? 형님의 얼굴과 비슷하여 놀랐는가?"

피월려가 대답했다.

"솔직히 말씀드리면 그렇습니다만."

"세간에는 잘 알려져 있지 않지만, 나와 형님은 포태(胞胎)가 같네. 그래서 바로 아래인 사황자인 것이고."

쌍둥이 형제.

얼굴이 똑같은 이유가 있었다.

피월려는 즉각 의구심이 들었다.

반란 중에 삼황제는 자기 형제들을 말살하기까지 했다. 일일이 추격까지 하며 모두 도륙했다. 그런데 자기와 얼굴이 똑같이 생긴 형제는 살려두었다? 누구보다도 가장 위험한 존재임이 분명한데도 살려두었다는 건, 그만큼 신뢰 관계에 있다는 것이다.

제갈미가 경찬군에게 말했다.

"지고한 신분을 가진 분께서 이런 누추한 곳까지 어인 일로 찾아주셨는지 몰라도 너무나도 영광입니다."

왜 왔냐?

이 뜻이다.

경찬군은 금전 스무 개 정도를 도박판 위에 올리며 말했다.

"최근에 근심이 많아 바람이라도 쐴까 하여 왔소. 소저의
별호가 명봉으로 알고 있소만, 맞소?"

"미천한 소녀에게 과분한 것입니다."

"미천(微賤)하건 비천(卑賤)하건 재능만 있으면 되는 것이
지."

제갈미의 아미가 작게 흔들렸다. 하지만 곧 미소를 유지하
며 물었다.

"실례가 되지 않는다면 어떤 근심이 있으신지 여쭈어도 되
겠습니까?"

"뭐, 사실 별일 아니오. 친우가 소중한 것을 도둑맞아서 말
이오. 참으로 기가 막히는 노릇 아니오?"

"……."

"……."

"……."

"……."

침묵 중 경찬군이 말을 이었다.

"수륜이 어떻게 되오?"

제갈미는 깊은 미소를 지었다.

"금 한 냥입니다."

"상장군, 상장군도 들어올 텐가? 보아하니 둘씩 들어와 있는 것 같은데, 황궁의 사람도 둘이 들어와야 맞지 않겠는가?"

"……"

"나도 이리하는데, 자네가 이렇게 점잖게 굴면 쓰나."

유한은 자리에 앉으며 대답했다.

"그럼 부탁드리겠습니다."

경찬군은 큰 소리로 말했다.

"자, 시작하세. 참으로 재밌겠군. 그런데 먼저 누가 법칙을 설명해 주지 않겠는가? 내가 잡기에는 능하지 못해서 말이지."

정충이 정중하게 포권을 취하며 말했다.

"부족하지만, 빈도가 알려드리도록 하겠습니다."

정충은 한동안 경찬군에게 설명했고, 경찬군은 한 번만 듣고 모든 법칙을 착착 이해했다.

나중에는 오히려 그가 유한을 가르쳤고, 곧 경찬군은 박수를 치며 큰 소리로 외쳤다.

"자자, 다 이해했으니 실전으로 바로 해봄세. 재미있겠군."

제갈미는 판 아래에서 두 개의 패를 더 꺼내면서 말했다.

"사람이 여섯이니 패는 일곱. 갑을병정무기경 순으로 승리합니다. 갑은 둘, 을은 셋, 병은 넷, 정은 다섯, 무는 여섯, 기는 일곱, 경은 여덟이 탄패할 때 여부없이 필패이나, 기와 경은 사람이 부족하므로 필패의 조건이 없습니다. 그럼 시작합니다."

여섯 사람의 도박이 시작되고, 그들은 싱거운 대화를 나누었다.

서로의 사정을 묻거나 예의를 차리는 말이 주를 이루는 기본적인 이야기들뿐이었다.

그 와중에 같은 층에 있던 많은 귀족들이 경찬군을 알아보고 그에게 다가와 인사를 건넸다. 거의 모든 이가 와서 그에게 정중히 인사를 건네는 것을 보면, 그의 권력을 실감할 수 있었다.

그러나 그 와중에 이상하리만큼 심각한 표정으로 도박에 집중하는 사람이 있었는데, 그 사람은 다름 아닌 피월려였다.

대충 금전 한 냥씩 던지면서 말을 주고받는데 반해 피월려는 혼자 사람들의 심리를 읽으려고 안간힘을 썼다.

그 모습이 얼마나 애처로운지 제갈미는 연민이 느껴질 정도였다.

열 판 정도 흘렀을까?

피월려는 기어코 금 스무 냥 정도의 이득을 보았다.

거의 본전을 찾은 셈.

그는 여유로워진 마음에 이마에서 땀을 닦으며 그제야 주변 상황을 살펴보았다.

그러자 그를 딱한 시선으로 바라보는 다섯 명의 얼굴이 눈에 들어왔다.

피월려는 헛기침을 하고 나서야 본래 목적을 상기할 수 있었다.

지금 이곳에 왜 이런 인원들이 모였는가?

그 이유조차 모르는 지금, 무슨 대화를 하든 당할 것이 자명하다.

한 명을 상대하는 것도 아니고, 황궁의 사람까지 와 있는 삼파전이니 더 심하다.

상대방의 목적을 모르면 그 어떠한 대책과 술수도 무용지물이니 그것을 간파하는 게 가장 최우선.

먼저, 왜 정충이 이곳에 왔는가?

나지오에 관한 이야기를 꺼리면서도 슬며시 하는 것을 보면 그에 관한 이야기를 은밀히 하고 싶어 하는 것 같았다.

아무도 없이 딸만 대동하고 와서 천마신교 낙양지부의 소유인 황금천에서 도박을 하고 있다면 분명 피월려의 귀에 들어갈 것이고, 그러면 피월려도 관심을 가지고 그와 독대를 하려 할 것이 자명했기 때문이다.

그렇다면 경찬군은 유한까지 대동하고 왜 왔을까?

그가 말한 부분을 유추해 보면 당연히 황룡무가에서 도면을 훔친 사건의 시시비비를 가리고자 직접 행차한 것이다. 슬쩍 그 사건에 대해서 운을 떼우면서 눈빛을 살피는데, 아마 그 도면을 위해 온 것이 틀림없다.

황제의 동생인 만큼 낙양지부에선 결단코 건드릴 수 없는 존재다.

백운회 장군까지 대동했다면 이건 거의 협박이나 다름없다고 봐도 무방하다.

현재 낙양에 도는 자금의 양은 그 끝이 보이지 않을 만큼이나 거대하다.

황제의 친동생이나 되는 황족이 나서서 방해한다면 엄청난 손실로 이어질 것이다.

도박은 다시 시작되었으나, 그 누구도 도박에 집중하는 사람은 없었다.

경찬군이 슬며시 말했다.

"혹 폐전통자에 대해서 들어본 일이 있소?"

모두 눈치를 보는 와중에 제갈미가 대답했다.

"은전과 금전을 모두 폐하고 은자와 금자로 통합한다는 정책 말씀이시옵니까?"

"정확하오. 내 능수지통을 한번 뵌 적이 있었는데, 대화하기 벅찰 정도로 참으로 지혜가 남다른 분이셨소. 내 듣기로는 명봉의 지혜가 그분의 것과 상응한다 들었소만. 명봉께선 폐전통자에 대해서 어찌 생각하시오? 아 참, 내 차례니 일단 돈은 내야지."

경찬군이 금전 한 개를 던졌다. 사람들도 하나씩 올리는 와중에 제갈미가 경찬군에게 말했다.

"평소라면 절대 시행해서도 안 되고 시행할 수도 없는 정책입니다. 그러나 지금과 같은 시국에는 이처럼 알맞은 정책도 없지요."

"평소와 지금과 같은 시국의 차이가 무엇이라 보오?"

"하나는 기존 권문세가의 몰락이며, 둘은 백운회의 등장이고, 셋은 황도에 집중된 전 중원의 부라 사료됩니다."

"그럼 황실에서 그것을 공표하여 무엇을 얻을 수 있으리라 생각하시오?"

"자금의 흐름을 유추할 수 있고, 신용세로 다시 금을 반환할 수 있으며, 화폐발행권을 가진 기존 권문세가를 압박할 수 있습니다."

경찬군은 박수를 짝 하고 쳤다.

"오호⋯ 간결하고 정확한 설명이오."

"감사합니다."

"하지만 이는 나도 다 아는 사실이오. 내가 알고 싶은 건 내가 모르는 부분이오."

"대군마마께서 모르는 것이라 하오시면?"

"숲의 모습은 밖에서만 보이지, 안에서는 나무밖에 보이지 않소. 정책도 마찬가지. 만든 사람은 제대로 평가할 수 없으니, 타인의 생각을 들어봐야 객관적으로 알 수 있소."

"그렇다면 혹……."

"아, 모르셨소? 그거 내가 만들었소."

탁.

데구루루.

금전 하나가 도박판으로 떨어졌다. 그리고 굴러 경찬군의 앞까지 왔다.

이를 손에서 놓친 피월려는 고개를 살포시 숙이면서 사과했다.

"아, 송구합니다."

경찬군은 그것을 집어 피월려에게 주면서 포근한 미소를 지었다.

"후후후. 무림 고수의 손아귀는 검을 잡기를 자기 신체와 연결되듯이 잡아 절대 놓치는 법이 없다고 들었소만, 심검마의 손아귀는 이 금전의 무게도 감당하지 못하니, 천마급 고수라는 것이 정말이오?"

"……."

"농이오, 농. 원 심각한 사람이군. 후후후."

경찬군은 피월려의 어깨를 툭툭 치면서 웃었고, 묘한 분위기가 도박판에 흘렀다.

이를 위에서 지켜보고 있던 주하가 피월려에게 전음했다.

[신호만 주시면 살수를 준비하겠습니다. 황궁에서 나온 오늘 밤이 절호의 기회입니다. 그가 언제 다시 황궁에서 나올지 모르니, 이번 기회를 놓치면 안 됩니다.]

피월려는 짧게 고민하고 누구도 모르게 살짝 고개를 흔들었다.

황실의 머리가 누구인지, 마조대도 알아내지 못했다. 그런데 떡하니 그 정체를 드러내 이곳에 나타나다니······.

일부러 암살해 달라고 간청하는 꼴 아닌가?

피월려의 머릿속은 함정일 수도 있다는 생각이 지배적이었다.

개패할 사람은 개패하고, 남은 사람들이 탄패했다.

승자는 정채린.

간간이 이기는 그녀 앞에는 대략 이십 냥이 쌓여 있었다.

이를 보며 경찬군이 말했다.

"검봉께서는 참으로 실력이 좋으신 것 같소."

검봉이 고개를 살짝 숙였다.

"운이 좋은 것뿐입니다."

경찬군은 시선을 쌓인 금전에 가져가며 넌지시 말했다.

"빠른 시일 내에 황궁에 가져가서 금자로 바꾸셔야 하오. 한 달 정도 후엔, 금전 그대로는 화폐로 쓸 수 없을 것이오."

정충이 대신 대답했다.

"황도 외부에선 그대로 금전을 사용해도 되는 것으로 빈도는 알고 있습니다. 어차피 본 파로 돌아가니, 섬서성에서 사용하면 되지 않습니까?"

경찬군이 정충을 보는데, 그 눈빛이 미묘하게 날카로웠다.

"황도 외부에선 금전을 사용해도 좋다 하지 않았습니다. 다만, 모두 황실로 가져올 수 없는 현실성을 생각하여 묵인한다는 것이지. 현 황실에선 금전이나 은전을 화폐로 인정하질 않소이다, 장문인. 황실의 법규를 지키고 존중하는 백도의 수장 중 하나인 대화산파 장문인께서 황실에서 공표한 이 폐전통자를 따르지 않겠다는 말씀을 하시면 이는 황실을 무시하시는 걸로밖에 보이지 않습니다."

정충은 온화한 표정을 유지했지만, 차갑기 그지없는 목소리로 경찬군에게 말했다.

"대군마마께서 모르시는 것 같아 말씀드리는데, 본 파는 대운제국이 존재하기 전부터 존재했습니다. 황실과의 마찰을 생각하여 그 법규를 존중하나, 본 파에는 본 파의 전통이 있고, 섬서에는 섬서의 전통이 있습니다. 지방의 문화와 전통을 무시한 환나라 때, 황실에서 중앙집권을 끝까지 고집하다 결국 멸국의 길을 걸었고, 이 때문에 대운제국의 태조 혈운제께서는 지방분권으로 정치 체계를 확립하신 것입니다. 화폐발행권을 가진 권문세가들도 그때 그 권한을 받은 것이고. 대군마마께서 이를 무시한다면 대운제국의 기초를 다지신 태조 혈운제를 무시하는 것과 진배없습니다."

경찬군은 꿀 먹은 벙어리처럼 말없이 정충을 보았다. 그러다가 이내 작은 웃음을 터뜨렸다.

"후후후. 고리타분한 황실의 문사들이 맨날 하는 말을 검을 쓰는 무인의 입에서 듣게 될 줄은 꿈에도 몰랐소. 확실히 황도 밖에서까지 이 법을 적용하는 건 무리겠지······."

"······."

경찬군은 갑자기 고개를 휙 하고 돌려 피월려를 보았다.

"그러나 황도 안에서는 충분히 실현이 가능하오. 이 거대한 황금천에 쌓아둔 재물이 얼마나 될지는 모르겠지만, 모든 금전과 은전을 전부 금자와 은자로 바꾸는 데는 꽤나 많은 돈이 들 것 같소? 하하하."

"······."

"명봉께선 패를 돌리지 않고, 뭐 하고 계시오?"

제갈미는 살포시 고개를 숙였다.

"송구하옵니다."

그때, 정충이 자리에서 일어났다.

"빈도는 이만 일어나도록 하겠습니다. 대군마마께서는 좀더 즐기다 돌아가도록 하시지요."

경찬군이 말했다.

"벌써 말입니까? 아직 제대로 대화조차 하지 않았는데 말입니다."

"길이 멉니다. 린 아, 일어나거라."

"잠시."

지금껏 몇 마디 말하지 않고 침묵을 지키던 유한이 정충을 따라 일어섰다.

그는 손으로 정채린의 허리에 매달린 태극지혈을 가리키며 말했다.

"황도에선 그 누구도 무기를 소지할 수 없습니다."

정채린은 태극지혈을 양손으로 잡고 대답했다.

"마교의 본거지와 같은 이곳에서 어떤 위협이 도사리고 있을지 모르기에, 단순히 호신을 위해 소지하고 있는 것뿐이에요. 이곳에서 나가면 천으로 덮을 겁니다."

유한이 굳은 표정으로 대꾸했다.

"천으로 덮든, 덮지 않든 무기를 소지하는 건 불법이오, 검봉. 또한 그리 말씀하시는 것을 보니, 장문인께서 천으로 둘둘 말아 등에 지고 계신 것도 혹 무기가 아닌지 의심이 됩니다."

정충의 몸에서 투기가 발산했다.

"내 소유물을 조사라도 하겠다는 말로 들리오만?"

유한도 자기 검에 손을 가져가며 대답했다.

"황도에는 황도의 법규가 있는 법입니다, 장문인. 외부인이신 장문인께서는 이에 따라야 하는 것이 장문인께서 하신 말씀과 일맥상통하지 않습니까?"

"그래서 대화산파 장문인인 나, 정충의 소유물을 조사할 텐가? 빈도는 그것을 묻고 있는 것일세!"

쿵!

정충의 기세에 도박판이 크게 흔들렸고, 그 위에 있던 금전들이 서로 튕기며 소리를 내었다.

같은 층에 있던 귀족들의 시선이 정충에게 집중되었고, 그들은 일이 어찌 돌아갈까 호기심 어린 눈빛으로 주시했다.

그때였다.

"여기서 소란을 피우시면 안 되오, 향검."

익숙한 목소리에 피월려가 고개를 돌려 입구 쪽을 보니, 그곳에는 삼대원 백여 명을 대동하고 나타난 천서휘가 있었고, 그 앞에는 낭파후, 혈적진과 무영비주들, 그리고 마지막으로 박소을까지 있었다.

박소을은 손짓으로 일대원과 삼대원과 천서휘에게 명을 내렸고, 천서휘와 일대원들은 입구를, 삼대원은 동그랗게 그 층 전체를 막아섰다.

그러자 백여 명이 내뿜는 마기가 그 층에 가득 차기 시작했고, 이에 두려움을 느낀 귀족들이 하나둘씩 그곳을 빠져나가기에 이르렀다.

천서휘는 그들 한 명 한 명에게 유감을 표하며 포권을 취했고, 곧 그들은 모두 서둘러 나가 버렸다.

그러나 몇몇 귀족은 그대로 자기 자리를 고수했는데, 분명 마기의 영향에 저항할 만큼의 내공을 익힌 귀족들임이 분명했다.

피월려가 말했다.

"총주께서 오실 정도의 일은 아닙니다."

박소을이 터벅터벅 걸어와 정충 앞에 섰다. 그러곤 피월려를 보며 말했다.

"아니었지. 하지만 이젠 내가 올 정도의 일이 되었소."

"무슨 뜻입니까?"

"곧 알게 될 것이오."

그 와중에도 정충의 청량한 기운과 박소을의 마기가 서로 공중에서 맞부딪치고 있었다.

그러나 방 안의 마기가 워낙 많은지라 정충의 투기가 서서히 밀리고 있었는데, 갑자기 더욱 정순한 기운이 몰려와 방 안의 마기가 안개처럼 희미해졌다.

마치 방 안의 창문을 활짝 열어 탁기를 몰아낸 것 같았다.

그 정기의 주인공이 입구에서 모습을 드러냈다.

"이거, 이거……. 나를 빼놓고 이렇게 도박판을 벌이면 쓰나? 아니 그렇소, 장문인?"

무당파의 태상장문인.

무림맹의 맹주.

백도의 정점.

천하제일검.

검선.

이소운이 부드러운 발걸음으로 다가왔다.

그가 한 걸음을 내디딜 때마다 방 안의 마기는 급속도로 증발했다.

정충이 그를 보며 말했다.

"맹주께서 이곳엔 어인 일이오?"

이소운은 정채린의 허리춤에 달린 태극지혈을 보며 말했다.

"오십여 년 전, 본 파의 배신자가 마교에 입교할 때 본 파에서 훔쳐 간 보물이 있소. 마교에선 장로까지 지내다가 한 화산파의 배신자에게 그것을 물려주었는지, 그자가 그걸 들고 있더이다. 태극지혈이라하는 검인데, 세상 모든 종류의 양기를 감당하는 양검이나, 역수로 들면 세상의 모든 종류의 음기를 감당하는 음검이 되오. 그 검신이 붉은색이라 태극지혈이라는 이름을 가지고 있지. 이런 신물이 글쎄 두 자루라오. 이 정도라면 간장과 막사에 비견될 정도 아니겠소?"

"……."

"그것을 되찾아주셔서 고맙소, 장문인."

방 안의 공기가 급속도로 식기 시작했다.

제칠십오장(第七十五章)

검(劍).

백도에 속한 무인들은 대부분의 경우, 무공이라 하면 검공을 자연스레 떠올린다. 그만큼 백도의 무공은 검공에 편향되어 있다.

백도에서 검이 가장 보편적인 무기가 된 이유는, 같은 내공 심법으로 일반화된 검공을 다 같이 익히는 백도의 특성상, 특정한 신체에만 유리한 무공을 문파의 공식 무공으로 채택할 수 없기 때문이다.

무기가 검이라면, 각각의 체형에 맞는 길이와 넓이의 검을 씀으로써 똑같은 초식을 가진 동일한 검공을 누구나 익힐 수 있기에, 너무 특이한 신체만 아니라면 누구든 고수가 될 수 있었다.

반면 흑도에 속한 무인은 무기에 크게 구애를 받지 않았다. 검이 워낙 평균적인 무기인지라 피월려처럼 평균적인 신체를 가진 무인이라면 흑도라도 검을 쓰는 경우가 있지만 그보다는 자기 체형에 맞는 무기를 거리낌 없이 사용한다.

때문에 자기만의 특출한 장점을 갈고닦아 빠른 시간 안에 고수가 될 수 있었다.

그러나 수많은 선배들이 체험하고 기록을 남긴 백도의 검공과는 다르게, 홀로 고된 길을 걸어야 하므로 일정 수준 이상에 이르기는 너무나 힘들고, 그 수가 적었다.

흑도의 정점인 마교의 고수들도 검을 잘 사용하지 않는다. 그들은 마공의 영향으로 막대한 양의 내력을 자유자재로 뽑아낼 수 있는 역혈지체를 가지고 있다.

따라서 내력의 제약이 없으니, 검처럼 예기(銳氣)에 담아 신중히 내력을 뽑아내는 무기보다는 둔탁하고 큼지막한 무기를 쓰거나, 아예 손에 장착하는 수투(手套)를 쓰는 경우가 허다하다.

마공이 주가 되는 검공은 막대한 양의 마기를 신중히 다루어야 하기 때문에 그걸 익힐 수 있는 사람도 적었고, 같은 양의 마기라도 파괴력이 현저히 낮았다.

실제로 극양혈마공에 지배당했던 피월려는 그 막대한 마기를 내뿜기 위해서 검을 버리고 몸으로 싸움을 했다. 그래야만 이것저것 귀찮게 생각할 것 없이, 마구잡이로 마기를 뽑아 쓸 수 있다.

본부의 인원들로 새로 꾸며진 제삼대 백여 명의 마인들은 무기를 사용할 수 없다는 황도의 법규에 따라서, 무기를 쓰지 않거나 무기로 보이지 않는 것들을 무기로 사용하는 마인들만 뽑았다.

특수한 황도의 상황에서도 전신내력을 내뿜을 수 있는 마인들이기 때문이다. 황도에서라면, 이들은 검이 없는 동급의 백도무림인보다 월등히 앞선 무력을 보유하게 된다.

백도무림의 중심인 무림맹이 낙양에 설립된 이상, 낙양지부의 인원만으로는 도저히 황도 안에서의 흑도 영역을 지킬 수 없었다.

그러나 무기를 소지할 수 없다는 법규 때문에 백도의 고수들이 검을 함부로 들고 다니지 못하니, 무기 없이도 전신내력을 내뿜을 수 있는 제삼대의 무력이 상대적으로 그들을 압도한다.

그런 균형이 지금까지도 이어졌고, 계속되고 있다.

방 안을 둘러싸고 있던 제삼대는 천서휘의 신호에 맞춰 각자 무기를 착용했다. 수투를 끼는 마인들이 대부분이었지만, 신발을 만지작거리는 마인도 있었고, 손가락에 무언가 끼우는 마인들도 있었다. 돌멩이 같은 걸 쥐거나, 머리에 맨 띠를 풀어내기도 했다.

전 중원에 공인된 유일한 입신의 고수 검선.

그가 혈혈단신으로 찾아오지 않았다면, 황금천에 들여보내 주지 않았을 것이다.

혹시 모를 함정에 대비하여 제오대는 황금천 반경 일 리를 낱낱이 뒤지고 있었는데, 아직까지도 박소을에게 별다른 보고가 없었다.

만약 다른 도움이 없다면 해볼 만하다.

박소을 또한 수투를 착용하며 이소운에게 말했다.

"검선에게 검이 없으니, 어찌 불러야 할지 모르겠군. 아, 맹주라는 직위가 있으니, 맹주라 부르면 되겠소?"

이소운은 방긋 웃었다.

"마교의 이인자로 현무인귀의 이름이 거론된다고 들었는데, 이제야 얼굴을 보는군그래? 확실히 내가 봐도 단순 천마급이라 확신을 못 하겠군. 한눈에 실력이 파악되지 않은 건, 혈수마소 이후에 처음이야. 본인이 보기엔 어떤가? 입신에 오른 것 같은가?"

박소을이 대답했다.

"설마 입신의 고수와 비교할 수 있겠소? 굳이 비교하자면, 검으로 입신에 오른 자가 맨손이라면 해볼 만한 정도……. 그쯤 아니겠소?"

"……."

침묵이 찾아왔다.

일촉즉발!

그때, 향검 정충이 박소을에게 넌지시 말을 건넸다.

"그렇다면 검을 가진 입신의 고수에겐 힘들다는 뜻이군. 안 그렇소?"

박소을은 정충과 정채린이 가진 태극지혈을 힐끗 보았다.

이소운이 손을 활짝 펴며 정충에게 말했다.

"오호? 나는 장문인께서 급히 황도에서 나가려 하기에 그것을 나에게 숨기려는 줄만 알았소. 내 착각했구려. 어서 주시오. 태극지혈 정도 되는 검이라면 이런 하찮은 놈들 따위야 눈 감고도 쓸어버릴 수 있지."

정충이 말했다.

"내가 왜 태극지혈을 맹주께 주어야 하오? 맹주께선 지금 손녀뻘이나 되는 검봉의 검을 탐내시는 것이오?"

이소운의 표정이 살짝 굳었다.

"사문의 보물이라 말하지 않았소? 이를 무당파에 돌려주기 위해서 태극지혈을 황도에 가져온 것이 아니란 말이오? 또한,

방금 한 말도 내게 되돌려주겠다는 뜻으로 들었는데, 내가 틀렸소?"

정충이 정채린의 태극지혈을 내려다보며 말했다.

"이것은 검봉이 백부에게서 받은 유품이오. 오십 년도 전에 잃어버린 것에 대해서 소유권을 주장하며 젊은 여인에게서 유품을 강탈하는 것이 무당파의 태상장문인이며, 무림맹을 이끄는 맹주가 할 짓이라 보시오?"

"그럼 내게 검이 있다면 달라진다는 말은 무슨 소리요?"

정충이 박소을에게로 시선을 향하며 또박또박 말했다.

"그래야만 하는 상황이 생긴다면, 태극지혈을 빌려줄 수 있다는 뜻이외다."

"……"

"……"

또다시 찾아온 침묵. 이번에는 오가는 눈빛 속에서 수많은 감정이 교차하여, 침묵처럼 느껴지지 않았다.

이로써 확실해졌다. 절대 섞일 수 없는 백도와 흑도가 지금 이 자리에서 서로를 바라만 보고 있는 상황을 만든 건 오로지 정충의 뜻. 그의 의도에 따라 얼마든지 전쟁터로 바뀔 수 있다.

이소운은 내색하진 않았지만 초조함이 찾아드는 것을 느꼈다. 물론 광활한 입신의 정신에는 티끌만큼도 영향을 미칠 수 없지만, 그 감정이 찾아든 것은 사실. 그는 당연히 태극지혈을 되찾을 수 있을 거라는 생각에 황금천에 과감히 들어선 것이다.

태극지혈을 얻을 수만 있다면 낙양지부 전체를 상대해도 마다하지 않을 자신감이 있다. 하지만 그의 생각과 다르게 정충은 그에게 검을 내줄 생각이 없는 듯했다.

그러나 그가 말한 특수한 경우, 즉 천마신교에서 선수를 치는 상황이 오면 그때는 빌려주겠다는 말을 했다.

이는 천마신교에서도 함부로 손을 쓸 수 없게 하려고 한 말이다.

이소운도, 박소을도 먼저 손을 쓸 수 없는 상황.

"하— 암!"

팽팽한 긴장감 속에서 누군가 하품을 했다. 당연히 모든 이의 시선이 그에게 꽂혔고, 그는 시선을 즐기며 모두에게 말했다.

"도박장에 와선 도박을 해야지, 참. 무림인들이 할 줄 아는 건 싸움밖에 없다더니, 그게 사실일 줄은 몰랐군. 그나저나 유한. 내가 알기론, 지고한 황실이 직접 다스리는 황도에선 황군을 제외한 그 누구도 무기를 소지할 수 없다고 말하네만."

그렇게 말한 경찬군은 태연히 금전을 만지작거리며 연신 하품을 했다.

유한은 굳은 표정으로 부복하며 말했다.

"사실이옵니다, 대군마마."

경찬군이 정채린을 턱끝으로 가리키며 말했다.

"저건 누가 봐도 검이 아닌가?"

"……."

"처벌이 어찌 되는가?"

"개인이 홀로 소지한 것뿐이라면 무기를 압류하고 금전 한 냥의 벌금이나, 이 년 이상 노역을 해야 합니다. 또한 더 나아가, 유통시킬 목적이 있었다면 금전 천 냥의 벌금이나, 사형입니다."

"겨우 금전 한 냥? 이거, 이거… 웬만큼 재산이 있는 귀족들은 그냥 던져줄 만한 벌금 아닌가?"

"법규는 범인들을 위해서 만들어지는 것이라, 장정의 일 년치 삯이라 할 수 있는 금전 한 냥도 매우 중한 벌이옵니다."

경찬군은 탄식하듯 가슴을 치며 말했다.

"그게 바로 문제라네. 처벌 방식이 그렇게 허술하니 조금만 재산이 있어도 죄짓기를 두려워하지 않지……. 그 누구에게도 두려울 수밖에 없는 처벌 방법을 빠른 시일 내에 강구해야 지엄한 황도의 법규를 업신여기는 자들이 없어질 것일세. 그런데 뭐 하고 있는가, 저 죄인을 인도하지 않고?"

유한은 정충을 흘겨보았다. 정충의 깊은 눈빛은 감히 자신이 감당할 정도가 아니라는 것을 유한 스스로도 즉시 깨달았다.

유한이 대답했다.

"저 죄인을 연행하는 동안에는 황자님을 지켜드릴 수 없사옵니다. 황자님을 호위하는 것이 죄인을 엄벌하는 것보다 더 중하니, 이를 헤아려 주시옵소서."

"연행할 필요는 없지. 하나 소지한 무기를 압류하는 건 여기서도 가능하지 않은가?"

"……"

"어서 행하시게나. 백운회 상장군이란 직위에 부끄럽지도 않은가?"

유한은 입술을 꽉 물더니, 곧 정채린의 앞으로 걸어갔다. 그는 정채린에게 손을 내밀며 말했다.

"검봉, 소지한 검을 내놓으시오. 벌금 금전 한 냥과 함께."

정채린은 앙칼진 표정을 지었다.

"어차피 전 바라지도 않은 것이었……."

그녀의 말이 끝나기 전에, 이소운이 한발 앞서며 정채린과 유한의 사이를 가로막았다. 그는 정채린의 말을 자르며 말했다.

"저것은 무당파가 강탈당한 것이오. 압류하실 수 없소."

그 말이 끝나기 무섭게 정충이 말을 이었다.

"오십 년 전 강탈을 당했다고 이제 와서 소유를 주장하는 건 어불성설이오. 만약 그것이 정당하다면, 오십 년 전 조상이 살았던 집에 찾아가 땅과 집을 강탈당했으니 내놓으라, 말하는 것과 진배없소."

유한이 정충과 이소운을 번갈아 보며 단호하게 말했다.

"그 소유주가 누구지 모를지라도 저 물품이 당장 검봉의 손에 들려 있다면 그것은 엄연한 범법 행위입니다. 따라서 백운회가 저 검을 압류하는 건 맹주나 장문인께서도 막으실 수 없습니다."

향검이 큰 소리로 대답했다.

"누가 그것을 막는다 했소? 다만, 아직 태극지혈의 소유주가 명백하지 않은 이상, 백운회에서 시시비비를 가리기 위해서는 저들을 연행하고, 그 와중에 보호해야 할 의무가 있다는 뜻이오. 그러니 저 검을 압류하려거든, 연행도 해서 정확히 사건을 규명해야 한다는 것이오. 대군마마께서 말씀하신 대로 검만 압류하고 연행을 하지 않는 건 그 지엄한 황궁의 법규에는 없다는 말이외다."

유한은 꿀 먹은 벙어리처럼 더는 말을 할 수 없었다.

정충의 말 그대로 한다면, 정채린과 함께 이소운을 연행해야 할 처지였다. 그러나 자타공인 천하제일검이라는 이소운을 백운회에서 연행할 수 있을 턱이 없었다. 가뜩이나 백도와의 사이가 좋지 않은데, 이소운까지 연행한다면 이는 정면으로 싸우자는 꼴밖에 되지 않는다.

군중은 부드러운 미소를 짓고 있는 정충을 보며, 그의 설검(舌劍)이 이렇게나 무서운지 몰랐다는 표정이었다. 이십 년 전부터 힘을 기르던 화산파는 지금까지 특별한 활동을 하지 않았기에, 정충에 대한 것도 딱히 알려진 것이 없었다. 그의 별호조차 왜 향검인지 모르는 사람이 태반이었고, 그의 무력 수위도 초절정쯤으로 대강 추측되고 있을 뿐이었다.

그때 경찬군이 이소운을 보며 말했다.

"맹주께선 어찌 생각하시오? 이번에 새로 단장한 백운회도 구경할 겸, 나와 함께 가지 않겠소?"

"……."

"태극지혈의 소유가 누구인지 내 직접 나서서 밝힐 테니 말이오."

그 순간, 그 말을 이해한 이소운의 눈가가 한번 흔들렸다. 경찬군의 제의는 이소운이 순순히 말을 따라준다면 태극지혈을 돌려주겠다는 의미였기 때문이다.

이소운은 한 바퀴 쭉 둘러보았다. 그러더니 팔짱을 끼고는 말했다.

"한번 들러보는 것도 나쁘지는 않을 듯합니다, 대군마마. 그러도록 하겠습니다."

경어를 썼지만 그 누구도 경어처럼 들을 수 없는 말투였다. 유한의 눈빛이 순간 날카로워졌지만, 경찬군은 유한의 어깨를 툭 건드리면서 피월려에게 고개를 돌렸다.

"하지만 시간을 좀 줄 수 있겠소? 내 친우가 소중한 것을 잃어버려, 내 마음이 무거우니 이를 달랠 시간이 필요하오."

경찬군의 깊은 눈빛이 서서히 돌아, 피월려에게 멈췄다.

내가 맹주를 데리고 나가줄 터이니, 그 대가를 지불해라.

"……."

피월려는 박소을을 보았고, 박소을은 고개를 살짝 끄덕였다. 그러자 그는 제갈미에게 신호했고, 제갈미는 또다시 뒤쪽으로 신호했다.

곧 시비 한 명이 고풍스러운 천에 감싸인 큰 두루마리를 상에 올려 가지고 왔다.

홍색의 색지로 만든 것이 범상치 않은 정보가 담긴 것이 확연했다.

피월려는 이를 들어 경찬군에게 소중히 건넸다.

"저희 고객 중에는 물품을 맡기고 돈을 찾으신 후에, 그것을 갚지 못하여 도망가는 분들이 수두룩합니다. 그런 분들 중이 물품을 맡긴 분이 계시온데, 이 내용을 보아하니 혹 대군마마께서 찾으시는 것이 아닌가 합니다만."

경찬군은 그 두루마리를 만지지도, 펼쳐 보지도 않고 피월려를 끝까지 주시하며 말했다.

"맞네."

"고귀한 분께서 이런 누추한 곳에 찾아와 주신 기념으로 저희가 선물로 드리겠습니다. 도둑의 물품이니, 나중에 혹시라도 주인이라 칭하는 자가 찾아온다면 그자를 잡아 백운회에 바치도록 하겠습니다."

"감사히 받지. 무거운 마음이 한결 가벼워지는구먼."

경찬군이 그리 말하자, 유한은 그것을 집어 들었다.

경찬군은 자리에서 일어나며 말했다.

"그럼 이만 가보도록 하지. 맹주, 그리고 검봉, 어서 가십시다."

그때 이소운이 빙그레 웃더니 말했다.

"대군마마께선 모르시겠지만, 태극지혈은 쌍검입니다. 그 검의 주인이 누구인지 시시비비를 가리려면, 온전한 태극지혈을 가지고 시시비비를 가려야 하지 않겠습니까? 이를 어찌 생각하시오, 장문인?"

정충은 눈을 날카로이 떴다.

"그것을 왜 내게 물으시오?"

이소운은 정충의 등 뒤에 맨 것을 바라보며 말했다.

"그야 이 일이 장문인의 생각이니 말이오. 장문인의 지혜를 더 빌리고 싶어서 그렇소만."

순간 방 안의 공기가 얼어붙었다.

그러지 않고서야 멀쩡한 공기를 들이마시지도, 내쉬지도 못할 리 없지 않은가?

누구도 숨을 쉴 수 없는 그 순간 정충이 말했다.

"도사가 자기 욕심을 이기지 못하는 것만큼 추한 건 없소, 맹주. 족할 줄도 아셔야 하오."

멈춘 공기는 이제 독이 되어, 피부를 따갑게 만들었다.

이소운이 말했다.

"지금 나를 정죄하는 것뿐만 아니라 가르치려 드는 것이오, 장문인?"

정충이 말했다.

"고금을 통틀어 그 어떤 백도인도 구파일방의 큰 기둥인 소림파에 살기를 품은 적이 없었소. 화산파는 소림파의 멸문을 평생 잊지 않을 것이오, 맹주."

"뜬금없이 무슨 소리를 하는지 모르겠군. 소림파를 멸문시킨 마교가 무슨 맹주라도 된다는 말이오? 나이가 들어 노망이라도 난 게요? 그에 관해 묻고 싶거든 그 자리에 있었던 심검마에게 물어보시구려."

피월려는 다행히 굳은 표정을 유지하며 조금도 의심을 살만한 반응을 보이지 않았다. 다만 어떻게 이소운이 그가 소림파의 일에 관여했다는 것을 알 만큼 정보를 꿰뚫고 있는지 그 부분이 궁금할 따름이었다.

정충은 날카롭게 말했다.

"주제를 바꾸지 마시오. 마교 낙양지부의 관한 정보를 첩자를 통해 얻었다는 것이 다 거짓임을 이미 알고 있소. 그 정보들은 소림파를 내어준 대가로 얻은 것 아니오? 이를 알았다면, 화산파는 결단코 전 낙양지부를 치는 데 도움을 주지 않았을 것이외다."

"오호라, 이젠 마교를 감싸고 도는 것이오, 장문인?"

"입신에 들어 깨달음을 얻었으면 그에 걸맞게 행동하셔야 할 것이오, 검선."

"마치 입신이 어떤 것인지 아는 것처럼 말씀하시는 것 같소? 반로환동을 못 하여 이제 슬슬 노망이 들 때가 된 게로군."

"맹주야말로, 반로환동한 육신의 왕성한 혈기를 다스리지 못하면, 나이가 무색한 실수들을 범하게 될 것이오. 젊은 육신에 이점만이 있다고 생각한다면 오산이오. 늙은 외관을 하고 있는 모든 도교와 불교의 신들이 반로환동을 하지 못해서 안 한 것이겠소? 아니면 젊음을 되찾은 육신의 혈기가 깨달은 도를 방해하기 때문이겠소? 정신과 육신은 따로 생각할 수 없소, 검선. 그깟 젊음을 더 얻고자, 성숙한 정신까지 포기하는

어리석은 짓을 할 바에야 노망이 들어 죽는 게 낫겠소. 적어
도 타인에게 해를 끼치진 않을 테니 말이오."

이소운은 정충을 지그시 보았다.

"이곳은 화산파에서 거리가 매우 먼 곳이오, 향검. 화산파
의 정기가 미치지 못하니, 자중하시는 걸 권하겠소."

"이미 상당히 자중하고 있소, 맹주. 이곳이 화산파라면, 화
산파의 정기를 공급받아 맹주의 무한한 내력과도 씨름해 볼
만하지 않겠소? 이미 내 검을 출수하여 맹주께 가르침을 드렸
을 것이외다."

"……."

"……."

정충과 이소운이 서로를 바라보는 눈은 지극히 고요했다.

그런데 시간이 지남에 따라, 이소운의 동공이 점차 확장되
었다.

점차 살기가 옅어지고 공기가 흐르기 시작하자, 얼굴이 창
백하게 변한 제갈미가 무너져 내리듯 쓰러졌다. 피월려는 얼
른 다가가 그녀를 부축했다.

살벌한 분위기가 다소 감소하자, 유한이 정충에게 물었다.

"의혹이 있는 만큼 질문하도록 하겠습니다. 장문인께서 등
에 지신 짐이 무엇입니까?"

유한은 정충이 핑계를 대며 벗어날 것이라 예상했지만 그

는 즉각 답했다.

"유품일세."

유한은 정충이 순순히 대답하자 차근차근 묻기 시작했다.

"누구의 유품입니까?"

"나와 비무했던 태룡마검의 것일세."

"무기입니까?"

"빈도는 무지한 사람이지만, 다른 이의 유품을 열어볼 정도는 아니네만."

"그럼 모르십니까?"

"나는 이 유품을 전해주러 온 것일 뿐일세."

"그럼 이곳에 온 목적은 무엇입니까? 그것을 누군가에게 전해주러 오신 것입니까?"

"그렇네."

"누굽니까?"

그는 등 뒤에 있는 짐을 풀어 그것을 피월려에게 내밀며 말했다.

"심검마."

"……."

그 누가 묻기도 전에 먼저 정충이 말을 이었다.

"섬서성에는 태룡마검이 정당한 비무가 아니라 비겁한 암수에 죽었다는 소문이 있네. 나는 그런 소문을 잠식시키기 위해서라도 태룡마검의 유언을 미리 받았다는 걸 증명해야 하지. 화산파 장문인인 내가 마인의 유품을 다시 마인에게 되돌려 주는 것만큼 확실한 건 없겠지. 받게나, 심검마."

그런 소문은 어디에도 없고, 그 누구도 그런 의혹을 제기하지 않았다.

이 자리에 그가 거짓말하고 있다는 걸 모르는 사람은 없었다. 그러나 입술에 침 한번 바르지 않고 술술 거짓말을 하는 그를 보며 그 누구도 이렇다 할 말이 없었다. 향검이 거짓말을 하고 있다고 지적했다가는 그 뒷감당을 하기 어려웠기 때문이다.

얼떨결에 그것을 받아 든 피월려는 순간 그에게서 쏟아지는 엄청난 살기에 고개를 돌려 그곳을 보았다.

검선이 무시무시한 눈빛으로 그를 보고 있었다.

이내 그의 고막을 강타하는 전음이 천둥처럼 귓속에서 울렸다.

[조화를 중시하는 검이니 마인의 손엔 쓰레기와도 같은 것! 그러니 함부로 쓰지 말고 잘 보관하고 있거라. 내가 네 생명을 취할 때, 가지러 갈 터이니.]

"……."

짝!

경찬군은 박수 한 번을 치고는 주위를 둘러보며 말했다.

"자, 자, 모두 다 좋게 하루를 끝내도록 하십시다. 서로서로 원하는 것들을 가졌으니 더 욕심낼 것 없이 말이오. 그럼 나는 가보겠소."

휘적휘적 걸으며 나가는 경찬군의 뒤를 유한이 급히 따라갔다. 이소운은 의미를 알 수 없는 눈빛으로 정충을 보다가 툭 던지듯 입을 열었다.

"나와 같이 가지 않겠다면 나도 굳이 부르지 않겠소. 다만 지금까지 그랬던 것처럼 세속의 일에 신경 쓰지 않기로 했다면, 화산에 틀어박혀 무공의 정진에만 힘을 쓰시오. 괜히 어설프게 나와 세속에 섞이지 마시고. 그렇다면 별 탈 없을 것이오."

정충이 이소운에게 대답했다.

"구파일방과 오대세가가 다 같이 무림맹에 모여 협약한 것을 빈도가 어기리라 생각하시오? 화산파는 협약한 대로 매화검수들을 파견할 것이오. 다만 그 힘이 쓰이는 목적이 협약한 대로 중원의 안녕과 무림의 평화인지, 아니면 개인적인 야심과 이기적인 욕심인 것인지는 확실히 해야 할 것이오, 맹주."

이소운이 천천히 눈길을 돌리며 마지막 말을 남겼다.

"흐름에 수긍할지, 아니면 눈을 돌릴지……. 언젠가는 확실히 정해야 하는 날이 올 것이오, 향검."

걸어 나가는 이소운의 뒷모습을 보며 정충이 정채린에게

말했다.

"저들이 화산파와 척을 지려는 것이 아니라면, 네게 해코지하지는 않을 것이다. 형식상 잠시 들렀다 나오면 될 일이니, 검을 넘겨주고 그 후에 남문으로 오거라."

"알겠어요."

"그럼 남문에서 기다리고 있겠다."

"네."

정채린도 불안한 눈빛으로 정충을 보다, 이내 발걸음을 옮기기 시작했다.

정충은 그 뒷모습을 지켜보다 모두 나간 것을 확인한 뒤 피월려에게 시선을 돌렸다.

"한 가지 말할 게 있네."

피월려가 물었다.

"무엇입니까?"

정충은 피월려가 든 짐을 바라보며 말했다.

"그것을 남기니, 후에 화산파를 상대하거든 손속에 사정을 두어달라는 것이 태룡마검의 유언이네."

피월려가 물었다.

"그것이 진실인지 어찌 압니까?"

"빈도가 그것을 직접 가져왔다는 걸로 알 수 있지."

"저도 명이 있다면 어쩔 수 없습니다."

"명이 있다면 말이지……."

"무슨 뜻입니까?"

"글쎄, 빈도는 그저 태룡마검의 유언과 유품을 전해주기 위해서 온 것일 뿐일세. 태룡마검이 자네를 어찌 평가했는지는 모르겠으나, 그가 보기엔 자네가 곧 명을 받지 않을 자가 될 것이라 본 것이겠지."

"……."

명을 받지 않을 자.

마교에선 유일한 사람이다.

지존.

교주.

피월려가 말이 없자, 정충이 발길을 돌리며 중얼거리듯 말했다.

"빈도도 이제야 그의 말이 믿겨지는군."

막 그의 모습이 사라지는데, 피월려가 큰 소리로 그를 멈춰세웠다.

"나 선배… 아니, 태룡마검은 정녕 죽은 것입니까?"

정충이 잠시 발걸음을 멈추고 단호한 목소리로 말했다.

"그렇네."

피월려는 지푸라기라도 잡는 심정으로 말했다.

"구파일방의 정공은 너무나도 정순하여 살인을 하는 것만으로도 정진에 해가 된다 들었습니다. 특히나 소림과 무당, 그리고 화산에서는 살생 자체를 금하는 것으로 알고 있습니다만."

정충은 가만히 있다가 부드러운 목소리로 설명했다.

"정공을 익히는 데 있어, 살인하는 것이 정진에 해가 되는 이유는 바로 살인으로 인한 죄책감이 심적으로 영향이 미치기 때문일세. 따라서 그 영향을 최소화시킬 수 있다면, 살해를 하면서도 정공을 익히는 데 방해를 받지 않을 수 있지. 소림의 무공은 왜 날카로운 무기가 없고, 초식 모두 주먹이나 발차기 혹은 곤봉같이 타박(打撲)을 기본으로 하는 줄 아는가?"

"모릅니다."

"물체를 베는 것은 살해지만, 물체를 때리는 건 살해보단 파괴에 가깝기 때문이네. 부동심을 유지한 채 바위를 때리는 심정으로 사람을 치면, 살해했다는 죄책감을 최소화시킬 수 있지. 무당파는 어떠한가? 어떠한 방법으로 죄책감을 최소화한다고 보는가?"

피월려는 어렵지 않게 답을 끌어낼 수 있었다. 본인도 몸소 몇 번이나 경험한 것이기 때문이다.

"유풍살입니까?"

"먼 거리에서 적을 저격하여 죽이면 사람을 죽였다는 느낌이 잘 오지 않지."

"이런 이야기를 왜 하시는 겁니까?"

정충은 부드러운 말투로 말을 이었지만, 그 눈빛은 놀랍게 차가웠다.

"화산의 정기를 기반으로 하는 화산파의 무공에도 이렇듯 살인을 돌아서 하는 방법이 있네. 죄책감을 최소화하여 살생을 성공시키는…… . 어차피 무공이란 폭력의 공부. 정순함이든, 불순함이든 결과는 같지. 인간의 간사함과 모순이 결국 그런 것 아니겠는가?"

"……."

"그는 죽었네."

"직접 죽이셨습니까?"

"빈도는 그가 죽었다는 말밖에 할 수 없네."

피월려는 비릿한 미소를 지으며 분노를 담은 눈빛으로 향검을 쏘아보았다.

"왜 그렇습니까? 스스로 그를 죽였다는 말을 내뱉으면 없는 죄책감이라도 다시 살아납니까? 그래서 정진에 해가 됩니까? 구파일방의 장문인이라는 자가! 자기가 한 행동조차 제대로 말하지 못한다는 말입니까?"

피월려는 강하게 탁상을 내려쳤다.

쿵!

모든 마인들은 숨을 죽이고 피월려와 정충을 보았다.

화산파의 장문인을 도발하다니……. 자칫 잘못하다간, 이대로 흑백대전이 일어날 수도 있었다. 모두 힘을 쏟아붓는다면 정충을 죽일 수 있을지는 모르지만, 아래층에 있는 검선은 어찌한단 말인가?

놀랍게도 정충은 무표정으로 일관하며 순순히 고개를 끄덕였다.

"그렇네."

"……."

그 부드러운 목소리에는 묘한 힘이 있어, 팽팽한 긴장감을 단번에 완화시켰다.

피월려는 속에서 올라오는 화를 분출하고 싶었다. 그러나 그를 한없이 부드러운 눈빛으로 바라보는 정충을 보고 있자니, 화가 분출하기도 전에 안에서 증발했다. 희석되고 사라져 그 흔적조차 없어졌다.

아무리 뜨거운 물을 부은다 한들, 차디찬 바다는 절대 뜨거워지지 않는다.

바다에서 불어오는 시원한 바람과도 같은 목소리로 정충이 마지막 말을 남겼다.

"다음에 봄세."

정충이 떠나고도 피월려는 한참을 거기 서 있었다.

시간이 지나고, 박소을의 명에 따라 천서휘와 제삼대의 인원들이 빠져나갔다.

천서휘는 피월려와 한마디도 하지 않고, 눈빛조차 교환하지 않았다.

그리고 곧 그곳을 채운 혈적현과 제오대, 그리고 마조대의 머리들이 와서 서로서로 생각을 이야기했다. 표정 하나, 말 한마디까지 따져가며 사건의 전후를 파악하면서, 이번 사태에서 발생할 수 있는 모든 가능성을 계산하기 위해 안간힘을 쓰고 있었다.

수많은 보고가 오가는 중에 박소을이 멍한 표정을 하고 있는 피월려에게 말했다.

"일대주, 지금 나와 같이 가야 할 곳이 있소."

퍼뜩 정신이 든 피월려가 말했다.

"그가 왜 여기 온지는 파악되었습니까?"

박소을은 그를 물끄러미 보다가 말했다.

"경찬군은 도면을 찾기 위해서, 그리고 검선은 태극지혈을 찾기 위해서 온 것이라 보고 있소."

"그보다 향검이 이곳에 온 이유가 더 중요합니다. 그가 먼저 이곳에 왔기에 다른 이들도 따라온 것입니다. 향검이 이곳에 온 목적을 알지 못하면……."

박소을이 말을 잘랐다.

"그건 너무 당연하지 않소?"

"예?"

"아부하러 온 것이오."

"아부라 하시면?"

"미래의 교주에게 화산파는 건들지 말아달라고 아부하지 않았소, 방금."

"……"

"표정이 가관이군. 어찌 되었든 지금 일대주는 나와 같이 나가야 하오."

"그, 그보다, 잠시!"

"무슨 일이오?"

피월려는 턱을 괴다가 이내 털어놓듯 말했다.

"그들이 왜 홀로 온 것이라 생각하십니까?"

"그건 아직 잘 모르오. 지금까지 나온 정황들로는, 우리가 먼저 손을 쓸 수 없다는 확신이 있지만, 그들도 먼저 손을 쓰지 않겠다는… 즉, 대화를 원한다는 그런 식의 의미라고 보고 있소."

"……"

"왜 그러시오?"

피월려는 천천히 설명했다.

"제가 황룡무가에 홀로 갔던 이유는 제가 시선을 끌고 다른 곳에서 일을 벌이려 했기 때문입니다."

"흐음……."

피월려가 조금 큰 목소리로 말했다.

"무림맹의 맹주! 그리고 황궁의 머리인 경찬군! 그 정도 되는 인물들이 홀로 황금천에 나타나면 필히 낙양지부의 모든 인원이 그 원인과 결과, 그리고 상관관계를 파악하는 데 주력할 것이라 쉽게 추측할 수 있습니다. 그리고 그 와중에 다른 일을 벌인다면?"

박소을의 눈빛이 날카로워졌다.

"그럼 일대주는 그들이 성동격서(聲東擊西)를 썼다는 것이오?"

"예."

그 순간 바삐 움직이던 제오대와 마조대 고수들이 말을 멈췄다.

피월려의 말을 듣고 보니, 그들은 오로지 현 상황을 파악하기 위해서 총력을 기울이고 있었던 것이다.

만약 지금 순간이 다른 일이 일어난다면 반드시 놓칠 것이다.

그 자리에서 제오대를 지휘하던 혈적현이 박소을에게 말했다.

"그들이 홀로 움직인 이유는 아직도 확실히 파악하지 못했습니다. 일대주의 생각이 옳을 가능성이 큽니다."

박소을은 잠시 말이 없다가 곧 명을 내렸다.

"무림맹과 황궁 주요 거점에 제이대원들을 배치하고, 소규모 무력 충돌이 예상되는 지점에 제일대를 파견하시오. 제오대의 반은 여기서 이 사태를 파악함과 동시에, 나머지 반은 새로운 정보에 집중하고."

"존명."

"존명."

피월려와 혈적현이 포권을 취하자 박소을이 빠르게 말을 이었다.

"오대주는 삼대주에게 인원을 강화하라 하고."

피월려가 물었다.

"제삼대에서도 인원을 차출합니까?"

"제삼대는 원래대로 흑도의 영역을 지키는 데만 주력할 것이오. 백도의 영역에 있는 중요 거점들에는 제일대의 인원을 사용하시오."

"존명."

"그럼 신속히 움직이시오. 일대주는 날 따라오고."

박소을이 황금천을 나가자, 그 뒷모습을 보던 혈적현이 피월려에게 속삭이듯 말했다.

"실험은 다음에 해야겠어."

피월려는 얼굴에 실소를 머금었다.

＊　　　　＊　　　　＊

계단으로 나가자, 박소을의 모습은 온데간데없고 발소리만
이 빠른 박자로 아래서부터 울려왔다. 계단을 내려갔을 땐 대
문이 닫히는 소리만 났고, 대문 밖으로 나갔을 때도 박소을의
모습은 없었다. 다만 마차 한 대가 대기하고 있었을 뿐이다.
마차 안에 탑승하자, 그가 자리에 앉기도 전에 마차가 출발했
다.

맞은편에 앉아 있던 박소을은 누군가와 전음을 나누고 있
는 듯 보였다.

이렇게 급히 어디로 움직이는가? 박소을이 전음을 끝낸 것
같아 피월려가 물어보려는데 박소을이 피월려의 말을 가로막
았다.

"황룡무가에서 황룡검주와 비무했다 보고를 받았소만. 어
떠했소?"

수많은 일 중에 왜 하필 그것을 먼저 물어보는지 피월려는
이해할 수 없었지만, 우선 대답을 했다.

"나쁘지 않았습니다."

"패배했다고 들었소. 벌써 낙양에 소문이 파다하오. 황룡검

주가 자기의 위상을 높이기 위해서 거짓 소문을 퍼뜨렸다곤 생각하지 않소만."

"비무일 뿐입니다, 목검으로 한."

"그래도 승부는 승부이지."

피월려는 진심으로 그의 의도를 몰랐다. 그래서 더 기분이 좋지 않았다.

피월려는 은근히 불편하다는 기색을 풍기면서 말했다.

"제 무공이 염려되시면 저와 한번 비무해 주시지요."

"초절정과 비무했으니, 자기에 대한 의심을 어느 정도 해결할 수 있었으리라 보오. 나와 더 할 필요는 없겠지."

피월려는 단도직입적으로 물었다.

"갑자기 왜 이런 말씀을 하시는 겁니까?"

박소을은 잠시 뜸을 들이다가 말했다.

"미안하오. 다른 안건을 이야기하도록 하지."

피월려는 순간 귀를 의심했다. 박소을의 입에서 미안하단 말을 들을 수 있을 리가 없었기 때문이다. 어안이 벙벙해진 피월려는 자기도 모르게 고개를 끄덕였고, 박소을은 태연하게 다른 주제를 꺼냈다.

"낭파후에게 보고를 받았소. 노련한 마조대원이었던 그가 지휘 계통을 무시하고 바로 내게 보고한다기에 일대주의 명이겠거니 하고 넘어갔는데, 맞소?"

"맞습니다. 저는 허락했지만, 사안이 사안인지라 총주님께도 허가를 받아야 한다고 생각했습니다."

"이제 보니 지휘 계통을 무시한 건 낭파후가 아니라 일대주였군. 본인이 보고하면 될 일이지 왜 낭파후에게 직접 보고를 하라고 시킨 것이오?"

"낭 대원이 총주님께 직접 면담하여 허가를 받으면 그 일에 있어 일말의 의심도 없이 추진할 것이라 생각했기 때문입니다."

"이상하군……. 좋은 의미로 그가 일말의 의심도 갖지 않았으면 좋겠다는 말로 들리지 않소."

"그렇습니다."

"역시. 그럼 일대주의 속뜻은 무엇이오?"

"낭파후는 교주의 사람입니다. 또한 류서하도 백도의 첩자로 의심되는 상황입니다."

"류서하에 대한 신변 조사는 끝났지만, 연결선이 있는 만큼 조심해서 나쁠 건 없지. 그래서?"

"제가 그들에게 일을 맡겼습니다. 그림이 그려지십니까?"

"혹 위장이오?"

"예."

신뢰할 수 없는 사람만 모아서 일을 맡겼다면 정보를 일부러 누락하려는 위장임이 분명하다.

박소을이 물었다.

"위장 아래는 진실이 있지. 무엇을 위한 위장이오?"

"없습니다, 아직."

"뭐라?"

박소을은 전혀 이해가 가질 않는 듯 보였다.

피월려가 말했다.

"기억하십니까? 전 선공을 선호하지 않습니다."

"기억하오."

"때문에 저쪽에서 선공을 하도록 유도한 겁니다. 어떤 일이 벌어질 것처럼 말입니다."

"흐음……."

"새로운 화로를 만드는 일은 분명 필요한 일이긴 하지만, 그 부담이 너무 큽니다. 그래서 위장으로 사용한 겁니다."

"그것이 얼마나 큰 부담이 되겠소?"

"엄청난 부담입니다."

"이해하지 못하겠군. 처음부터 의도를 제대로 설명해 보시오."

피월려는 침을 한 번 삼키고 설명했다.

"백도, 흑도, 황도, 본 교와 무림맹 그리고 황궁의 삼파전 양상으로 돌아가는 현 시점에서 가장 중요한 건 다름 아닌 명분입니다."

"본 교는 명분에서 자유롭소만. 그래서 혹도 아니오?"

"제가 말하는 명분은 사람들을 위한 것이 아닙니다. 적들을 위한 명분입니다."

"적들을 위한 명분이라면?"

"셋 중 둘이 뭉쳐 하나를 멸할 명분 말입니다."

"……."

"지금은 서로가 서로의 앙숙입니다. 셋 중 누구도 다른 쪽과 뭉치고 싶어 하지 않습니다. 다만 삼파전의 양상은 무조건 둘이 하나를 멸하는 데서 끝납니다. 백도는 무림을 자기 아래 두려는 경운제를 극도로 견제하고 있지만, 만약 숙이고 들어가지 않으면서 뭉칠 수 있는 좋은 이유가 있다면 즉시 손을 잡아 본 교와 전면전에 들어갈 것입니다. 경운제도 당장 백도에게 먼저 손을 내밀기엔 포기해야 하는 것이 너무 많습니다만, 만약 그럴 일 없이 손을 잡을 수 있다면 바로 손을 잡고 본 교를 멸하려 할 것입니다."

"우리 쪽에 화로를 만들면, 자칫 그것이 그들이 손을 잡을 수 있게 되는 빌미를 제공한다는 것이오?"

"그렇습니다. 그래서 저 멀리 북쪽에 있는 하북팽가에 화로를 건설하려는 것입니다."

"듣지도 보지도 못한 위장술이군. 그것이 어찌 본 교에 이익이 되는지 아직도 이해가 가질 않소."

"당장은 없습니다. 다만 술수를 쓰는 것처럼 보여, 그 반응을 면밀히 살피고 그에 대응하면 됩니다."

"……."

"왜 그러십니까?"

박소을은 좋지 못한 표정으로 대답했다.

"기각했소."

예상치 못한 말에 피월려의 입이 살포시 벌어졌다.

"낭파후의 독단이라고 생각하신 겁니까?"

"아니오. 일대주의 일이라는 건 알았소."

"그런데도 기각하신 겁니까?"

"일대주의 일을 막으려는 것이 아니었소. 다만 현실적인 문제가 있어 그런 것이오."

"무엇입니까?"

박소을은 마차 안에서 한 문서를 꺼냈다. 그것은 황룡무가에 건설되려는 새로운 화로의 도면이었다.

"설계도면을 읽으실 줄 아시오?"

"모릅니다."

"그럼 간단히 말하겠소. 이것을 면밀히 살펴본 기술자가 말하길, 새로운 화로에는 건설하는 데 있어 특별히 어려운 부분이 없다고 했소. 오히려 현재 화로에 있는 기술적인 부분을 상당히 제거해야 하는 작업이라는 것이오."

"금전을 만드는 기술이 더 나중에 개발된 것이니, 금자를 만드는 화로가 오히려 퇴보한 것일 수도 있겠습니다."

"기술자의 말로는 가장 큰 차이는 바로 온도로, 금자를 만드는 화로는 금전을 만드는 화로보다 세 배 이상의 강한 화력이 필요하다 하오."

"세 배 이상 강한 화력의 화로인데, 왜 퇴보입니까?"

"기술적으로 봤을 때는, 낮은 온도에서 비슷한 결과물을 내는 것이 더 좋은 기술 아니겠소? 대량생산도 가능하니 말이오."

"아……."

"문제는 거기에 있소. 도면을 보고 화로를 건설하는 것쯤은 어려움이 없소. 문제는 세 배나 강한 화기로 녹은 금과 은을 다뤄야 하는 장인의 솜씨라는 것이지."

"그렇다면 금자를 만들기 위해서 필요한 건 화로의 도면이 아니군요."

"장인이오, 필요한 건."

"……."

"황궁을 제외한 중원의 모든 곳에서는 백여 년 전부터 금전을 만들었기 때문에 금자를 만드는 기술이 유실되었소. 금자를 만들 수 있는 장인은 오로지 황궁에서만 찾을 수 있을 것이오."

충성심이 깊어 회유가 불가능하다는 혈적현의 말이 생각났다. 피월려는 깊이 생각에 잠겼다가 입을 뗐다.

"이상합니다. 그럼 경찬군은 왜 도면을 회수하러 온 것입니까?"

"무슨 뜻이오?"

"도면에 적힌 것이 중요하지 않고 장인의 기술이 중요한 것이라면, 굳이 황금천까지 와서 도면을 다시 찾아가려 하지 않았을 겁니다. 경찬군이 직접 와서 그것을 가져갔다는 건, 그 도면을 훔친 것이 의외로 그들에게 상당한 치명타를 입혔기 때문입니다. 앞뒤가 맞질 않습니다."

"설마 도면을 다시 만들 수 없을 정도로 귀중한 것이라 그런 것이겠소? 단지 경고의 의미일 것이오. 본 교에서 폐전통자의 물을 흐리려는 걸 경고하는 의미 말이오."

"그 두 가지는 같은 겁니다. 황제의 쌍둥이 형제가 직접 와서 자기가 그것을 계획했다고 알리는 건, 폐전통자가 그만큼 황제가 중요하게 생각하는 것이라고 알리는 것과 일맥상통. 즉, 협상의 여지가 없으며, 함부로 건드렸다간 전면전까지도 각오하겠다는 으름장을 놓은 것입니다. 그만큼 그건 황궁에게 중요합니다. 따라서 이를 역이용하여……."

"백도에게 뒤집어씌울 수 있다면 황궁과 우리가 손을 잡을 수 있는 명분이 되겠지. 하지만 하북팽가는 역사적으로도, 전통적으로도 백도가 아니오. 무림맹에선 얼마든지 발뺌할 수 있소."

"하북팽가와 백도를 엮는 건 쉬울 겁니다. 백도가 완전히 장악하고 있는 북동쪽에서 전혀 교류가 없진 않았을 테니까요."

"그럼 낭파후에겐 다시 일을 추진하라 해야겠군."

"교주 쪽에서도 오해한다면 이를 나중에 그쪽으로도 역이용할 수 있을 겁니다."

"좋소. 이 일에 대한 피 대주의 의도를 이해했소."

"……"

"왜 그리 빤히 보시오?"

"아, 명은 없으십니까?"

"없소. 다만 일이 어찌 진행되는지를 보려 한 것뿐이오."

박소을과의 면담은 항상 명이 뒤따랐다. 오늘따라 이상함을 느낀 피월려는 묻지 않을 수 없었다.

"무슨 일 있으십니까?"

"……"

박소을이 말이 없자 피월려가 다시 물었다.

"지금 가고 있는 목적지가 어디입니까?"

"도성 밖이오. 본부에서 사람이 왔는데, 무기를 포기하느니 성 밖에 머무르겠다고 했소. 그녀를 보러 가는 중이오."

"누굽니까?"

"인사부 장로 철부황안(鐵斧黃眼) 후빙빙과 호법원 고수들이오."

피월려는 후빙빙이라는 장로를 들은 기억이 없었다.

"후빙빙 장로는 어떤 마인입니까?"

"장로회의 유일한 여성 마인으로, 여성이 익히기 좋은 교주의 마공이 없던 시절에도 이미 천마에 이르러 장로가 되었던 마인이오. 천마오가 중 설무가 출신으로 어렸을 때부터 고급 교육을 받고 자란 귀족이지. 여성 마인이라면 백이면 백 교주를 우러러보는데, 그녀는 이상하게도 교주를 좋아하지 않소. 그 점 때문인지 나와는 좀 친분이 있는 사이오."

피월려가 물었다.

"그녀가 수장으로 있는 인사부에선 무엇을 합니까? 어차피 본 교의 인사는 실력이 강한 자가 알아서 올라가는 제도 아닙니까?"

"그녀가 수장인 인사부는 각각 기관의 인사권을 행사할 순 없지만, 그 기관 자체의 존폐 여부를 결정하오. 이는 장로들 중에서도 가장 큰 권력이지. 그녀가 원하면 교육부이고, 호법원이고 다 폐지할 수도 있소. 이는 내가 총주로 있는 외총부도 마찬가지. 감찰부만이 유일한 견제 세력이오. 각 장로의 권력의 범위를 조절할 수 있다는 점에서 교주를 제외한 가장 최고의 권력이라 말할 수 있소."

"……"

"그런 거물이 여기까지 왔소. 그것도 홀로 온다는 걸 호법원에서 소수로 호위하는 것으로 겨우 만류하고 말이오. 그녀가 왜 왔는지, 그리고 왜 내가 일대주와 함께 그녀를 만나려 하는지 그 이유를 짐작하실 수 있겠소?"

피월려는 고개를 저었다.

"낙양지부에만 집중해서, 본부의 사정은 잘 모릅니다. 어떤 일입니까?"

"내가 일대주를 장로로 추천했소."

"예?"

박소을은 빙그레 웃었다.

"북자호 장로가 죽어 장로회의 일인이 비었소. 그러니 누군가 맡아줘야 하지 않겠소?"

"……"

"그 빈자리에 일대주를 추천했소."

"북자호 장로가 맡던 외총부는 이미 박 총주께서 맡고 계시지 않습니까?"

"그렇지만 장로의 자리가 하나 비는 건 사실이오."

"지금 장로가 비어 있는 부서가 어디입니까?"

"부서는 없소."

"무슨 뜻입니까? 남은 부서는 없는데 장로는 비어 있다니요?"

"혹 장로회에 대해서 얼마나 아시오?"

"칠 인으로 이뤄져 있는 것과 천마신교의 살림을 책임지는 각 부서의 수장이란 것만 알고 있습니다.

"그것은 사실이었으나, 천 년이 넘는 세월 동안 많은 변화 끝에 부(部), 원(院), 그리고 전(殿)으로 갈라지면서 사정이 달라졌소. 장로회는 여전히 칠 인으로 구성되어 있지만, 담당하는 부서는 다섯 개로 통합되어 외총부, 교육부, 감찰부, 인사부, 그리고 정보부로 되어 있소. 따라서 남은 두 장로는 담당하는 부서가 없소. 일종의 예비역이지. 전에 내가 낙양지부의 일대주로 있었던 것을 기억하시오?"

피월려가 입교할 당시, 박소을은 장로임에도 천마신교 낙양지부의 일대주로 있었다. 피월려는 그것을 기억하고 고개를 끄덕였다.

"기억합니다."

"그 당시 내가 장로임에도 담당하는 부서가 없었지. 일대주도 이번에 장로가 된다 하더라도 담당하는 부서는 없을 것이오."

"그럼 왜 제가 장로가 되길 원하시는 겁니까?"

"실권이 없다 하나, 장로의 특권은 교주 다음이오. 전주도 원주에게도 없는 특권이 장로에게 있을 정도이지. 물론 절대 결정권을 가진 교주의 특권에는 미치지 못하지만, 교주는 단 한 사람이오. 장로회의 모든 일에 일일이 관여하며 명령을 철회하는 건 물리적으로 불가능하니 본 교의 사정은 사실 거의 모두 장로의 명령에 의해서 돌아가오."

"흐음……."

"본인이 천마에 이르렀다는 확신이 있다면, 충분히 장로가 될 수 있소. 본 교 내에 천마급 이상의 고수로 확인된 마인은 열 명 안팎. 장로가 되지 않은 천마급 마인들은 대부분이 무공광이라 장로 자리를 귀찮다 여기고 마다하며 교주의 자리를 위해서 무공 정진에만 힘쓰는 자들이오. 따라서 천마급 마공만 지녔다면 장로가 되는 건 그리 어렵지 않소. 실제로 천마급에 이르지 못했다고 알려진 극악마뉘도 엄연히 장로로 있지."

"장로가 되면 귀찮은 일이 많아지긴 한가 보군요. 다들 꺼린다니."

"마교인 특성상 천생 무골들이라 대부분 정치적인 것을 좋아하지 않기 때문이오. 천마에 다다른 자들은 말할 것도 없지. 일대주는 그런 부분을 잘 활용할 줄 아는 사람이니 걱정하지 않으셔도 되오."

"그리고 총주님의 일에도 협력하기 더 좋겠지요. 그래서 저를 추천하신 겁니까?"

"그렇소."

"하나 추천이 무슨 쓸모가 있습니까? 지금처럼 장로의 자리
가 하나 비었을 땐 추천제로 장로를 뽑기라도 합니까?"

"물론 아니오. 강자지존의 율법에 의거하면 무조건 강자임
을 증명해야지. 다만 아무나 자기가 장로를 하겠다고 나서면
인마급밖에 되지 못하는 마인들도 대거 참가하여 그야말로
아수라장이 되지 않겠소?"

"아… 그럼 우선 후보를 추천제로 뽑고, 그다음 생사혈전으
로 일인을 뽑는 겁니까?"

"그렇소. 일인이 결정된 후에도 반대 의견이 있다면 남을 때
까지 생사혈전을 하면 그만이오."

"총주께선 저를 뽑으셨군요."

"아니, 뽑지 않았소. 내가 만약 피 대주를 뽑았다면 지금 후
빙빙 장로를 만나러 갈 필요도 없었겠지."

"그럼?"

"지금 후빙빙 장로를 만나러 가는 이유는 내가 피 대주를
후보로 뽑아달라는 부탁을 했기 때문이오. 그녀는 직접 피
대주를 보고 결정한다고 했소."

박소을도 후보를 추천할 수 있는 권한이 있다. 그런데 그가
피월려를 후보로 뽑지 않았다는 건 이미 다른 사람을 뽑았기

때문이라 할 수 있다.

"그렇다는 말은, 총주께서 저 말고 다른 이를 후보로 뽑았다는 말 아닙니까?"

"내 빚이 있어, 그 부탁을 거절할 수 없었지."

"누굽니까?"

박소을은 말이 없다가 이내 툭 털어놓듯 말했다.

"천 공자요."

"······."

마차 안에, 꽤 오랫동안 침묵이 감돌았다.

＊　　　　＊　　　　＊

황도가 됨에 따라 증가한 낙양의 크기는 남쪽으로만 쳤을 때도 두 배 이상은 됐다. 남문의 위치도 상당히 떨어져 마차를 타고 한 식경 정도 꼬박 걸려서 도착할 수 있었는데, 이조차도 마차가 전속력으로 달릴 수 있는 마로 위를 쉬지 않고 달린 결과였다.

그 뒤에도 마차는 끊임없이 달렸다.

이러다가 성을 넘는 것이 아닌가 하는 생각이 들 무렵에야 비로소 멈춰 섰다.

그곳은 낙녕과 낙양 사이에 있는 이름 없는 강으로, 스무 사람 정도가 들어갈 수 있을 정도로 큰 배의 그림자가 보였다.

달빛이 조금만 약했더라도 그 형태조차 보이지 않았을 것이다. 그러나 그 주변에 퍼진 하늘을 찌르는 마기는 눈에 보이는 것들보다 더한 존재감을 뿜어내고 있었다.

"후빙빙 장로께서 저기 계신 듯합니다. 상당한 마기가 느껴지는군요."

박소을이 앞장서며 말했다.

"호법원 고수들이 후빙빙 장로를 모시고 있으니, 그들의 마기까지 합쳐져 그런 것이오. 호법원은 누구보다도 정통마공을 고수하는 집단. 그러니 그들에게서 뿜어지는 마기는 상당할 수밖에."

"하남성은 백도의 영역입니다. 저렇게 마기를 뿜다가는 진작 발각될 것입니다."

"지금까지 마기를 억제하며 올라왔을 터. 한 번쯤은 억제를 풀고 마기를 방출해야 기혈이 상하지 않소. 호법원 고수들이 이미 주변을 탐색하고 마기의 억제를 풀어도 안전하다는 결정을 내려서 그리한 것일 테니, 그 부분에 대해선 염려하지 않아도 되오."

"……."

"그 전에, 후빙빙 장로는 여마인이 몸을 숨기고 있는 것 자체를 탐탁지 않게 여기는 면이 있소. 제이대는 모습을 드러내고 따라오는 것이 좋을 것이오."

그의 말이 끝나자, 검은 붕대를 온몸에 감은 듯한 초류선이 모습을 드러냈다.

참으로 오랜만에 보는 그녀는 하나도 달라진 것이 없는 것 같았다.

그러나 초류선은 피월려의 생각과 정반대로 생각했다.

"오랜만에 뵙는데, 전과는 많이 달라진 것 같습니다."

초류선의 인사에 피월려가 포권을 취했다.

"이대주는 항상 한결같으시오. 누이는 잘 있소?"

"예. 천마급에 올랐다는 소식을 듣고는 하는 말이, 일대주와 한번 겨뤄보고 싶다는군요."

"하하하. 살수와 검객이 어찌 겨룰 수 있겠소."

"훤히 탁 트인 곳만 아니라면 제 누이에게도 승산이 있으리라 봅니다."

"기대하겠다고 전해주시오."

때마침 주하도 모습을 드러내고 초류선과 박소을에게 인사했다.

"이대주, 총주님을 뵙습니다."

박소을은 그녀를 보며 말했다.

"간만에 보는군. 원설이 상당히 불만이 많았소. 여차하면 생사혈전이라도 청할 것 같았는데, 둘 사이의 일은 원만하게 해결했소?"

"생사혈전을 해서 제가 이겼습니다. 모르셨습니까?"

"……."

"……."

피월려와 박소을은 전혀 몰랐던 사실이라 서로 눈빛을 교환하다가 피월려가 대표로 다시 물었다.

"정말이오?"

주하 대신 초류선이 대답했다.

"원설에게 제 결정이라 말해도 자기 분을 못 풀기에 생사혈전을 하라 했습니다."

박소을이 말했다.

"지부가 크긴 하지만 그래도 내부에서 생사혈전을 하면 그래도 꽤 소문이 나는데 그걸 몰랐다니……."

초류선이 설명했다.

"살수 간의 생사혈전이라 좀 방식이 달라서 그랬던 것 같습니다."

"어찌 달랐소?"

"기일에 제한 없이 먼저 암살하는 사람이 승리하는 것으로 했습니다."

"……."

"……."

"뭐, 다행히 주하가 손속에 사정을 두어 원설을 죽이진 않았습니다만, 그 일 후 본인도 패배를 인정하니 일이 일단락되었습니다."

피월려가 주하에게 물었다.

"왜 내게 말하지 않았소?"

주하가 시큰둥한 표정을 짓고는 말했다.

"제가 정식으로 일대원이 되기 전의 일입니다. 그리고 그런 사사로운 일에 신경 쓰실 필요 없습니다."

"사… 사로운……."

"장로께서 기다리십니다."

멍한 피월려의 어깨를 툭툭 친 박소을이 말했다.

"여인들의 일은 여인들에게 맡기고 신경 쓰지 마시오. 건강에 해롭소."

"……."

그들은 곧 강가에 정박해 있는 배에 도착했다.

그들을 마중 나온 건 팔십도 넘게 나이를 먹은 것 같은 노인이었고, 그가 풍기는 마기의 양은 강가의 청량한 기운을 뛰어넘을 정도였다.

그는 신묘한 경공으로 훌쩍 뛰어내려 땅에 착지했는데, 땅의 돌이 하나 구르지 않을 정도로 고요한 착지였다.

축 처진 눈지방 속에 깊이 숨은 눈빛 주변에 독한 마기가 일렁였다.

그 노인의 얼굴은 피월려도 어디서 본 것처럼 느껴졌는데, 정확히는 기억할 수 없었다. 다만 그 눈빛에서 느껴지는 이상한 기운은 확실히 기억할 수 있었다.

가도무나 흑설에게서 느껴지던 기운.

그 노인이 걸걸한 목소리로 말했다.

"총주가 직접 올 필요는 없는데 말이지."

박소을이 웃으며 말했다.

"어르신은 아직도 은퇴하지 않으셨습니까?"

"형님이 은퇴하지 않으니 내가 감히 할 수 있겠는가? 솔직히 말해서 쉬고는 싶지. 그래도 원주 노릇은 한번 해보고 은퇴해야 하는데 형님이 원주 자리를 내놓지 않고 붙들고 있으니, 원……. 뒤에는? 젊은 애들 사이에서 소문이 자자한 심검마인가?"

그의 말을 듣고 피월려는 그가 호법원주 악누의 동생인 것을 깨달을 수 있었다. 생긴 것도 비슷하게 생겼고, 목소리도 언뜻 들으면 똑같았다.

피월려가 포권을 취했다.

"예."

"어디 보자……. 흐음, 마기가 별로 느껴지지 않는구먼. 그냥 봐선 천마인지 모르겠어. 가만… 뒤에 달고 있는 검을 보니, 혜쌍검마(慧雙劍魔)가 생각나는데 그의 검공을 익힌 것인가? 심검마가 무당파의 출신의 마인인 줄은 몰랐군."

피월려는 혜쌍검마가 누구인지 들어본 적이 없었다. 다만 그가 나지오에게 태극지혈을 물려준 무당파 출신의 장로인 것을 어렴풋이 추측할 수 있었다.

나지오는 한 번도 그가 누구인지 언급하지 않았고, 피월려가 물어도 회피만 했는데 이제야 그 장로의 별호라도 들은 것이다.

피월려가 물었다.

"혹 나 부교주님께서 그분을 섬긴 적이 있으십니까?"

그 질문에 노고수가 뭔가 깨달았다는 듯 말했다.

"아아, 맞아. 나지오 부교주가 혜쌍검마 아래 있었지? 그럼 부교주에게 물려받은 것이로군! 일만 하느라, 부교주를 한 번도 보지 못했는데 네게 그 검이 돌아간 것을 보면, 변고를 당하셨다는 소식이 사실이군."

"……"

"그러면 무슨 마공을 익혔느냐? 무당파의 변형이냐, 아니면 화산파의 변형이냐?"

"태극음양마공과 그 변형인 극양혈마공을 익혔습니다."

"뭐라? 그걸 익힌 놈이 있어? 그런데 몸에 마기가 풍기지 않는다고? 그건 정통 마공을 익힌 본좌보다 더 많은 마기가 풍길 텐데?"

"심공으로 다스리고 있습니다."

"참나! 그럴 수가? 옆에서 건드리면 당장에라도 폭발할 놈이군."

피월려는 애써 미소 지었다.

"천마에 올라 많이 나아졌습니다."

"그렇게 천마까지 오르면 뭐 하나? 그런 식으로 올라봤자 몇 년도 안 되어 뒈질 텐데."

"……."

"나도 젊을 적엔 이십 대에 천마에 올랐단 놈들을 우러러봤지. 근데 살다 보니 그런 놈들은 삼 년도 채 못 버티고 뒈지기 일쑤야. 그러다 보면 또 한 명 나오고, 죽으면 또 나오고……. 젊은 고수들의 선망의 대상이었던 그 천하의 북자호 장로도 봐. 결국 중년도 채 못 넘기고 박 장로 손에 뒈졌잖아, 안 그래? 강자지존인 본 교 아래에서 말하는 천마라는 건 그 상태로 수십 년 정도는 버텨야 천마인 거지. 위에 슬쩍 코 한번 내밀고 숨쉬어봤다고 너도 천마, 나도 천마 그러니 원……."

피월려의 표정이 좋지 못한 것을 보곤, 박소을이 대신 대답했다.

"일대주는 다를 겁니다."

"뭐 그래도 일 년 만에 올라온 것치고 저 정도로 눈빛이 고요하다면 박 장로가 왜 높게 평가하는지는 알겠군."

"그랬다면 다행입니다."

"총 네 명인가?"

"예."

그 노고수가 고개를 돌리며 뒷짐을 졌다.

"허가하지. 올라오게."

그는 아까 펼쳤던 신묘한 신법을 다시 펼쳤다. 갑판의 높이가 보통 사람의 키보다 세 배는 높은데도 단 한 번의 도약으로 깔끔히 갑판에 올라섰다.

피월려가 그 모습을 보며 물었다.

"천살가의 인물입니까?"

박소을이 대답했다.

"당연하오. 호법원에선 오로지 천살가의 마인만 차출하오."

피월려는 이해할 수 없었다.

"타인을 전혀 생각하지 않는 천살성들로 자기보다 먼저 타인을 지켜야 하는 호법원을 꾸린단 말입니까?"

"그들의 비밀이오. 나도 잘 모르는 천살가 내부의 일이지. 하지만 호법원 고수들이 지금껏 자기 호법인의 생명을 지키는 데 자기 생명을 아낀 전례가 단 한 번도 없었소. 아까부터 괜한 데 신경 쓰지 말고 위로 올라오시오."

박소을을 시작으로 주하, 초류선도 각자만의 경공으로 배에 오르자 피월려도 침을 꿀떡 삼키고는 내력을 다리로 돌렸다.

그는 지금까지 제대로 된 경공을 배우지 않았고, 잡공서를 통해 몸을 가볍게 하는 방법만 얼추 배운 터라 자칫 잘못하다간 망신을 당할 수 있기에 신중에 신중을 기했다.

심호흡을 끝낸 그는 총 다섯 번의 발길질을 하며 겨우 올라왔다. 그런데 그 모양새가 너무 추해 마치 공중에서 허우적대는 수준이었다.

높은 뱃머리 쪽에 앉아서 그것을 하나도 놓치지 않고 끝까지 본 후빙빙은 고개를 절레절레 흔들었다.

"박 장로, 저게 뭐요? 개구리가 따로 없소."

특색 없는 중년 여인의 목소리에 피월려가 고개를 돌려 뱃머리를 바라보았다.

그곳에는 키가 남자만큼 큰 한 중년의 여인이 불만스럽다는 듯 팔짱을 끼고 그를 내려다보고 있었다. 남성복을 입었지만 주름이 어울리지 않는 고운 피부와 나올 때는 나오고 들어갈 때는 들어간 몸매 덕에 여인임을 쉽게 알 수 있었다. 그 완숙한 미모는 남성을 홀리는 색공을 익혔기 때문이 아니라, 그저 깊은 내력으로 자연스럽게 유지된 젊음에서 비롯된 것 같았다.

다만 특이한 것이 있다면 등에 메고 있는 거대한 철부(鐵斧). 양날로 된 그것은 사람보다 큰 바위라도 쉽게 조각낼 것 같았다.

호리호리한 여인과는 전혀 어울리지 않는 무기였다.

남자 무림인들 중에서도 그 정도로 거대한 양날 도끼를 자유자재로 쓸 수 있는 체형을 타고난 사람은 거의 없다시피 하다.

양날 도끼는 구음절맥처럼 이름을 따로 붙여야 할 정도로 희귀한 선천적인 장사가 아닌 이상 그 잠재력을 끌어 올릴 수 없는 무기다.

피월려가 지금껏 여자가 그토록 큰 철부를 쓰는 것을 본 적이 없었다.

그녀 주변에서 풍기는 마기는 하늘 높이 치솟아 천기를 흐리고 있었다. 그것을 보니, 그녀가 바로 천마신교 인사부 장로 후빙빙임을 알 수 있었다.

박소을이 말했다.

"심검마는 얼마나 집중하여 마공을 익혔는지, 경공을 익힐 시간이 없었소."

"참나, 그걸 포장이라고 하시오? 대단하구려."

말투는 천생 사내대장부였다.

그녀가 만약 말에 올라타 있었다면 여장부라 해도 아무도 의심하지 않았을 것이다.

박소을이 피월려를 가리켰다.

"원하는 대로 데려왔으니, 그를 추천하는 데 있어 시험해 볼 것이 있으면 시험해 보시오. 그를 위해서 이 위험한 곳까지 올라온 것 아니오? 별일 없어서 다행이오만."

"본녀가 설마 박 장로만 보자고 구파일방이 곳곳에 산재해 있는 하남성까지 올라왔겠소? 본녀도 다른 일이 있소, 다른 일이."

순간 박소을의 얼굴이 어두워졌다.

"무슨 일이기에 인사부 장로께서 직접 올라오셨소?"

후빙빙이 여장군처럼 호탕하게 웃었다.

"하하하, 그럴 일이 있소. 그런데 내가 박 장로의 부탁을 그냥 들어줄 순 없소. 오늘 직접 확인해 보고 결정해도 되겠소?"

후빙빙은 말을 돌렸고, 박소을도 억지로 더 알려 하지 않았다. 그는 피월려를 가리키며 말했다.

"확인해 보시오. 천마임이 확실하니."

"그럼 여차저차 입 놀릴 거 없이 바로 해보지. 그런데 그 뒤에 있는 처자들은 뭐요? 교주 냄새가 나는데?"

"지부에서 따로 운용하는 고수들이오. 호법, 정보, 암살. 이 세 가지에 모두 능한 전속대원이라 보시면 되오."

"쯧, 교주의 무공 때문에 여고수들이 다 그쪽으로 빠지는군. 참나. 여고수들이 최전선에서 활동하던 시기가 그립구려."

박소을이 실소했다.

"하하, 예전에는 더 없었소. 그나마 교주가 이끈 마공의 발전으로 여고수들의 입지가 많이 올라간 것이지."

"흥! 역혈지체에 임신의 문제만 없었어도 충분히 여장부들이 활동할 수 있었을 것이오. 아아… 자꾸 케케묵은 주제로 박 장로의 시간을 뺏는군. 본부에서 내 푸념을 들어줄 사람이 없어서 그런지, 이 상황에서도 주책맞게 주둥아리를 나불대고 있었군. 급하다 들었는데 미안하게 되었소."

박소을이 말했다.

"그럼 심검마는 맡기고 가겠소. 지부에 일이 많으니 최대한 빨리 보내주시오."

"아니, 그럴 것 없소. 지금 끝내겠소. 외총부에 더 폐를 끼칠 순 없지. 심검마, 지금 싸울 수 있나?"

피월려는 포권을 취했다.

"예, 후 장로님."

"좋다. 본녀와 한번 놀자. 그게 가장 정확하지."

"예?"

"내려와라. 내가 마궁에게서 들은 것이 있는데, 진짜인지 아닌지 직접 경험해 보고 싶군. 태극지혈을 다루는 솜씨도 궁금하고 말이지."

그렇게 말한 후빙빙의 몸은 이미 배 아래로 떨어지고 있었
다.

피월려는 등에 메고 있던 태극지혈을 오른손으로 붙잡았
다. 그렇게 정향으로 잡고 있으니, 피월려의 양기를 모조리 빨
아먹으며 빠른 속도로 검신을 뜨겁게 달궜다.

"한 번도 쓰지 않은 검으로 괜찮겠소? 무형검에도 영향이
있을 수 있소."

박소을의 물음에 피월려가 대답했다.

"역화검이 없는 지금은 어차피 무슨 검을 쓰던 마찬가지입
니다."

"흠, 알겠소. 건투를 비오."

피월려는 고개를 한 번 끄덕인 후, 역시 아까와 같은 경공
을 펼쳐 배 아래로 내려왔다.

공중에서 허우적거리는 꼴이, 주하조차 부끄러워 고개를
돌릴 수준이었다.

"또 보니까, 정말 개구리 한 마리야."

후빙빙은 아랑곳하지 않고 독설을 내뱉으며 등 뒤에 멘 철
부를 잡았다.

피월려는 마궁의 말투가 어디서 왔는지 알 것 같아, 어림짐
작으로 물었다.

"혹 후 장로께서 마궁의 스승이십니까?"

후빙빙이 대답했다.

"그 활잡이 년이 도끼를 쓰더냐? 그냥 몇 번 조언을 던져준 것뿐이다. 스승 타령을 하는걸 보니 네가 본 교에 입교한 지 일 년밖에 되지 않았다는 게 사실이구나."

마교의 무공은 천차만별이기에 대부분의 마인은 스승을 따로 두지 않고 서로 무공에 관한 지식과 깨달음을 그때그때 공유할 뿐이다. 있어도 극소수일 뿐이며, 또한 일인 전승인 경우가 허다하다.

-피월려가 말했다.

"무공 자체를 가르쳐 주지 않았다고 해도 길을 걷는 데 방향을 제시했다면 스승이 아니겠습니까?"

"뭔 도사들이 하는 말이나 내뱉고 있느냐? 시시콜콜한 말은 됐고, 무공이나 보자."

그녀의 몸에서 은은히 뿜어지던 마기가 서서히 일정한 흐름으로 바뀌면서 그녀가 들고 있던 철부에 집약되기 시작했다. 마치 그 양날 도끼가 연기를 빨아먹으며 점차 검게 물들어가는 것 같았다.

그 도끼의 양날 사이로 노란 두 눈빛이 번뜩이자, 털이 곤두서는 살기가 폭사되었다. 밤의 어둠을 뚫고 빛나는 노란 눈빛은 마치 공중에 붕 떠 있는 듯했다. 오히려 밤이기 때문에 번뜩이는 노란빛이 더 선명하게 보이는 듯했다.

철부황안.

정말로 딱 알맞은 별호다.

피월려는 긴 태극지혈을 앞으로 뻗으면서 눈을 감았다. 심상의 세계에 현실을 그리며 태극음양마공의 구결을 읊어 몸의 내력을 서서히 달구었다.

땅이 울렁였다.

하늘 높이 솟은 후빙빙의 철부는 달을 반으로 가른 모양으로 세차게 회전하고 있었다.

『천마신교 낙양지부』 16권에 계속…

초대형 24시 만화방

신간 100%, 샤워실, 흡연실, 수면실(침대석), 커플석, 세탁기 완비

▪ 광명 광명사거리역점 ▪

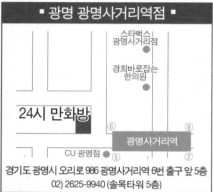

경기도 광명시 오리로 986 광명사거리역 6번 출구 앞 5층
02) 2625-9940 (솔목타워 5층)

▪ 강북 노원역점 ▪

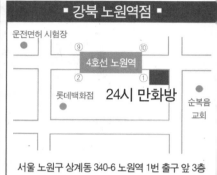

서울 노원구 상계동 340-6 노원역 1번 출구 앞 3층
02) 951-8324 (화용빌딩 3층)

▪ 일산 정발산역점 ▪

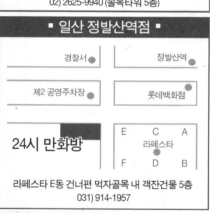

라페스타 E동 건너편 먹자골목 내 객잔건물 5층
031) 914-1957

▪ 일산 화정역점 ▪

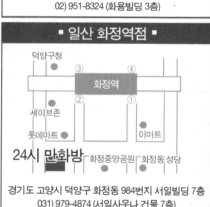

경기도 고양시 덕양구 화정동 984번지 서일빌딩 7층
031) 979-4874 (서일사우나 건물 7층)

▪ 부천 역곡역점 ▪

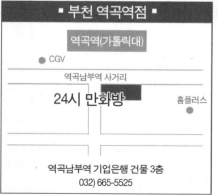

역곡남부역 기업은행 건물 3층
032) 665-5525

▪ 부평역점 ▪

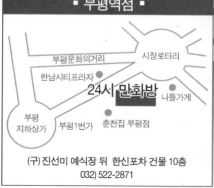

(구) 진선미 예식장 뒤 한신포차 건물 10층
032) 522-2871

크레도 장편소설
FUSION FANTASTIC STORY

톱스타 이건우

열정만으로 성공하는 것은 아니다!

어중간한 실력으로 허송세월하던 이건우.

그의 앞에 닥친 갑작스러운 사고와 함께 떠오르는 기억.

'나는 죽었는데 살아 있어. 그건 전생? 도대체……'

전생부터 현생까지 이어지는 인연들.
그리고 옥선체화신공(玉仙體化神功)…….

망나니처럼 살아온 이건우는 잊어라!
외모! 연기! 노래!
삼박자를 모두 갖춘 최고의 스타가 탄생한다!

FUSION FANTASTIC STORY

설경구 장편소설

저니맨 김태식

한 팀에서 오래 머물지 못하고
이 팀, 저 팀을 옮겨 다니는
저니맨(Journey man)의 대명사, 김태식!
등 떠밀리듯 팀을 옮기기도 수차례.

"이게… 나라고?"

기적과 함께 그의 인생에 찾아온 두 번째 기회!

"이제부터 내가 뛸 팀은 내 의지로 선택한다!"

**더 이상의 후회는 없다!
야구 역사를 바꿔놓을
그의 새로운 야구 인생이 펼쳐진다!**

Book Publishing CHUNGEORAM

유행이 아닌 자유추구 -
WWW.chungeoram.com

韓醫
한의
스페셜
리스트

가프 장편소설

FUSION FANTASTIC STORY

돌팔이 소리만 듣던 한의사 윤도.

달라지고 싶은 마음에 찾아간 중국 명의순례에서
버스 추락 사고에 휘말리고 마는데……

구사일생으로 살아 돌아온 지 30일.
전에 없던 스페셜한 능력들이 생겼다?

초짜 한의사에서 화타, 편작 뺨치는 신의로!
세상의 모든 질병과 인술 구현에 도전한다!

Book Publishing CHUNGEORAM

유행이 아닌 자유추구 -
WWW.chungeoram.com